La poche trouée du bonheur

Roman

Ecrit par Candice Gautier

Editeur : BoD-Books on Demand, 12/14 rond point des Champs Elysées, 75008 Paris, France
Impression:BoD Book on Demand, Norderstedt, Allemagne
ISBN : 978-2-322-07615-4
Dépot légal : Avril 2016
Couverture Noel Gautier photographie

À Carole

Prologue

La vie m'a beaucoup appris et m'a fait prendre conscience de beaucoup de choses notamment celle de la maladie, car Clément âgé de 8 ans seulement, orphelin et atteint d'un syndrome particulier, a croisé mon chemin. Effectivement, il était jeune, mais savait déjà tellement de choses sur la vie, mais à sa manière. Il avait, pour moi, une logique supérieure à la nôtre.Il m'a appris à ne pas être égocentrique, à regarder autour de moi, à être toujours positive comme le proverbe l'indique « même si à l'extérieur c'est la tempête, au fond de l'Océan tout est calme. »

Je me présente je m'appelle Mélanie Guérin, j'ai 36 ans, je suis célibataire et je travaille dans un bureau de tabac.

I

Tout commence en milieu de matinée, lorsqu'un petit garçon entre dans mon commerce situé dans le quartier Monplaisir à Lyon. Il se dirige vers les magazines traitant de la nature, en prend un, admire d'abord la couverture, puis le feuillette. Ayant rapidement décidé de l'acheter, il s'approche ensuite du comptoir et me tend un billet, sans mot dire. Je lui rends la monnaie en lui disant merci. En partant, il se retourne vers moi et me dit d'une voix timide :
– « je suis venu acheter mon magazine dans un bureau de tabac parce que mon éducateur me l'a demandé, mais je n'aurais pas dû accepter, car dans cet endroit, on vend des paquets de cigarettes. Cette cochonnerie tue les gens ou bien les rend malades. Je pense qu'il y a bien assez de personnes malades de naissance ».

Surpris par ses paroles, je veux lui répondre, mais il est déjà parti. C'est bien la première fois que l'on fait une telle réflexion sur mon magasin !
Je passe le reste de la journée à servir les clients en pensant à lui. C'est la première personne qui me fait prendre conscience des effets nocifs du tabac. Car je dois admettre à regret, qu'il a parfaitement raison.

Les semaines passent, sans que ce garçon si

mystérieux et audacieux ne revienne dans mon petit magasin qui se trouve à côté d'une pharmacie. Le hasard a voulu que je m'occupe d'empoisonner les gens pendant qu' à côté, la vendeuse donne des médicaments pour les soigner. C'est un peu comme si nos deux activités se complétaient.

Pour moi la routine est omniprésente chaque jour, pourtant, le mardi 10 juillet est un jour vraiment différent, car vers 9 heures, je fais un malaise sur la voie publique. Rien de bien impressionnant jusque-là !
En ouvrant les yeux, je me rends compte que l'endroit m'est totalement inconnu.
Le plafond, les murs, la table, les chaises... tout est blanc. Une odeur insupportable : celle d'un hôpital, et à côté de moi un lit vide
Je suis allongée sous des draps, enfermée dans une pièce vide et étrangement calme, pourtant, je perçois une panique générale dans les couloirs, pour une raison que j'ignore totalement... peut-être est-ce pour moi ?

Quand je soulève le drap, je prends conscience que l'on m'a déshabillée à mon insu pour m'enfiler une « relique. » Un habit qui possède seulement trois boutons à l'arrière et permet, lorsque l'on est debout, de montrer son arrière-train ! Ce vêtement a d'ailleurs tellement servi et passé un nombre de fois incalculable à la machine qu'il est devenu transparent. Cette immondice me donne l'aspect d'une campagnarde à l'hôpital, non seulement je ne pensais pas me retrouver ici, mais en plus, je ressemble à choubaca.

Un docteur vient me rendre visite 1 heure après tout ce vacarme dans le couloir, j'ai donc conclu que tout ça n'était point pour moi, mais pour une autre personne.
Le médecin m'explique enfin la raison de ma présence:
- « bonjour, Mme Guérin je suis le docteur Spenger. Je suppose que vous ne vous souvenez de rien !
Vous avez fait un malaise, un jeune homme a appelé les secours et vous vous retrouvez à présent ici.
Nous attendions votre réveil pour vous examiner
Je lui réponds :
- « n'était-il pas possible de me laisser dans mes habits initiaux ? »
- « non, le règlement oblige le port de vêtements aseptisés»
- « Pourtant, convenez que j'ai l'air ridicule !
- Si vous pensez vraiment cela, j'en suis navré.

Après le départ du médecin, une douleur lancinante au niveau de l'abdomen me provoque un mal-être profond.
L'heure tourne, pourtant, ce mal ne cesse de continuer. Pour éviter de penser à cette douleur persistante, je regarde les infirmières qui passent à travers le hublot de la porte de ma chambre. Toutes ces femmes ont une attitude différente les unes des autres. Certaines passent avec un sourire jusqu'aux oreilles, tandis que d'autres ont un visage pâle inexpressif.
Le médecin arrive ensuite et me demande si je me

sens bien, je pense qu'il lit la souffrance sur mon visage.
Je lui réponds :
- « j'ai une grosse douleur abdominale incessante »

Il me répond alors :
- « nous sommes là pour ça, non seulement pour vous soulager, mais aussi pour vous soigner... »
- « Non vous êtes là seulement pour ridiculiser vos patients »

en plus, j'avais l'impression d'être a la SPA,ayant remarqué un bracelet avec un numéro à mon poignet gauche.
- « nous faisons seulement notre Travail »

Un brancardier s'empare alors de mon lit et m'emmène dans une autre pièce blanche, mais cette fois-ci avec des machines d'une taille assez impressionnante pour la plupart d'entre elles.
J'espère seulement ne pas devoir me lever, car il y a trop de monde autour de moi pour effectuer une telle tâche sans être ridicule. Il est certain qu'avec une tenue pareille, on ne risque pas de s'échapper.

Les examens terminés, le brancardier me ramène dans ma chambre , il me reste alors plus qu'à attendre les résultats.
Je profite donc de ce temps pour me reposer un moment, je commence à fermer les yeux tout doucement et le sommeil m'emporte de plus en plus. Soudain, un bruit me réveille, j'ouvre

légèrement les yeux, et reconnais avec grand étonnement, la silhouette du petit garçon qui était venu m'acheter un magazine.
Il a également dans sa main un morceau de papier qu'il dépose délicatement sur mon chevet, puis il part silencieusement. Après son départ, je m'empare de ce qu'il a laissé, l'ouvre et découvre ce qu'il a d'écrit :
- « il y a des regards que l'on n'oublie pas ».
Cette phrase me bouleverse. Je songe à cet enfant au visage fin, à ses yeux bleus clair scintillants à la lumière du jour, à l'expression triste et désespérée qu'il laisse transparaître, à sa silhouette menue ainsi qu'à ses petites menottes aux veines visibles comme sur la peau des bébés. Pourtant une question me taraude : Comment a-t-il pu me retrouver en pareille circonstance ? Serait-ce un ange venu du ciel ?

Le Lendemain matin, quand une infirmière passe pour m'apporter mon plateau, je l'interpelle afin d'avoir plus de renseignements sur cet enfant si mystérieux.
- « Excusez-moi madame, j'aurais une petite question à vous poser. »
- « Bien sûr, que voulez-vous savoir ? »
- «Alors voilà ! hier j'étais en train de me reposer lorsqu'un petit garçon m'a déposé un petit mot. j'aimerais savoir qui il est ? »
Je lui tends le mot.L'infirmière le regarde avec attention et déclare :
- « En voyant cette écriture et cette manière d'écrire, il me semble que c'est un garçon de

l'étage du dessus dont je me suis déjà occupé, mais n'étant pas sûre, je demanderai confirmation à un de mes collègues. Si c'est bien lui et que vous souhaitez en savoir davantage, je lui demanderai de venir vous voir. Me permettez-vous de garder le papier pour que je lui montre ? »
- « oui, merci beaucoup madame »
Si cet enfant est réellement à l'étage du dessus, je crois que le hasard a voulu que nous puissions nous revoir à nouveau.
j'ai hâte d'en savoir plus, je vais enfin savoir qui est cet enfant et surtout, pourquoi tant de mystère à mon égard. Je vais peut-être même pouvoir lui parler.
Plus j'attends, et plus le temps me paraît long. Cette matinée passe tellement lentement que je n'en vois pas le bout. Je m'ennuie tellement que je contemple le mur blanc de la chambre et finis par y trouver un réel intérêt. En le fixant sans relâche, je m'imagine une autre vie, m'évade un moment, je me plonge dans un rêve tellement passionnant que rien ne peut m'en faire sortir. La seule chose qui pourtant va réussir à me faire revenir vers la réalité est mon mal grandissant de minute en minute.
Je descends de mon lit pour voir ce qui se passe dehors, regarder s'il fait beau. Certains oiseaux sont visibles, perchés en haut des arbres. En bas, quelques enfants s'amusent. Quel plaisir de voir leurs visages souriants... certains même rient aux éclats.

Soudain on frappe à la porte, un infirmier entre et me

dit :
- « bonjour, on m'a dit que vous aimeriez avoir des renseignements à propos d'un enfant qui vous a laissé un mot ? »
- « Effectivement savez-vous qui 'est cet enfant ? »
- « Oui je travaille dans le service où il est, et il s'agit de Clément, un garçon adorable, mais atteint de la maladie d'Asperger. Il est à l'hôpital, car il a subi récemment une greffe du foie. Il se trouve à l'étage des orphelins. »
- « Excusez-moi, mais je ne connais pas cette maladie, pouvez-vous m'expliquer ? »
- « Oui, c'est une maladie qui ressemble beaucoup à l'autisme, les cinq sens de la personne Asperger reçoivent des informations, mais il y a un problème de transmission entre la réception et le traitement de toutes les informations. C'est une maladie qui est complexe. Chaque enfant souffrant de cette maladie est différent. Les personnes atteintes de cela ont des qualités souvent insoupçonnées, ils sont notamment perfectionnistes
- ils ont une grande sensibilité, une forme d'intelligence souvent supérieure à la nôtre, beaucoup plus logique et contrairement à nous, leur mémoire ne leur joue que rarement des tours. Enfin, ce sont des personnes très honnêtes.

Leur plus gros problème est qu'ils n'arrivent pas s'intégrer dans la société, car ils agissent à contresens, ils ont des attitudes bizarres, parfois des

obsessions, parfois sont égocentriques, mais ce n'est pas le cas de Clément. Le message qu'il veut clairement vous faire passer à travers le mot qu'il vous a laissé est qu'il vous a choisi, vous !... Nous il ne nous parle pas... »
- « En effet c'est très complexe. Cela me touche qu'il m'ait choisie, mais je ne sais pas comment faire avec un enfant atteint de cette maladie ! Quand vous dites qu'il ma choisie, c'est pour partager quoi ? »
- « Ce qu'il veut partager avec vous. Il vous le dira lui même, le moment venu. Sachez seulement que si vous décidez de le connaître, il faudra que vous soyez sûre de votre décision, car il se donnera alors entièrement à vous ».
- « Où puis-je le voir ? »
- « Réfléchissez d'abord, ce n'est pas une décision à prendre à la légère, si celle-ci est positive je reviendrai et vous amènerai à lui. »
- « Je vais réfléchir, merci en tout cas. »

Cette discussion me remplit de sentiments nouveaux, car moi qui suis plutôt du genre égocentrique je me retrouve face à un enfant que je connais à peine et qui est malade. Au fond de moi, j'ai envie de l'aider, car il me touche beaucoup avec ses phrases... mais je ne sais pas comment secourir un enfant correctement. Je décide de réfléchir jusqu'à ma sortie de l'hôpital

II

Il est 5 heures, ayant eu la veille l'autorisation de partir, je commence à préparer mes affaires. Tout se bouscule dans ma tête, ainsi, ce matin, je ne me sens pas capable d'assumer une telle responsabilité. Mes mains tremblent sans arrêt, je sais que je vais sûrement le blesser si je pars sans le voir, mais on ne se connaît pas vraiment après tout... je dirais même pas du tout. Je pense ne pas être quelqu'un de bien, en tout cas pas suffisamment bien pour lui apporter quelque chose de positif ou de bénéfique. Je suis forcement impuissante face à une maladie ayant déjà une telle ampleur .Et, je dois avouer de surcroît que, celle-ci, particulièrement, me donne la chair de poule, j'essaye donc, dans la mesure du possible, d'éviter de la côtoyer. En plus, à cause de sa greffe, il doit avoir une balafre gigantesque sur le ventre. Quelle horreur ! J'aime bien la science ainsi que le domaine médical, mais uniquement pour s'en servir à bon escient !
Ça y est, je pars ! Peut-être guette-t-il mon départ? ...

Les cinq jours suivants, je passe mon temps à penser à lui, à revenir sans cesse sur ma décision peut-être trop hâtive, d'autant que le médecin m'appelle tous les jours, des coups de téléphone

incessants où il m'explique que depuis mon départ, l'enfant ne veut plus manger et reste tout seul pendant de longues heures dans son coin.... ! Quel coup du sort ! Je suis arrivée par hasard dans cet hôpital pour un simple malaise, et au final, on me demande de m'engager toute ma vie pour aider un enfant malade!...
Je n'arrive pas à prendre de décision, mais plus les jours passent, et plus les remords me rongent, me meurtrissent le cœur.. Ai-je le droit de laisser tomber un enfant qui a peut-être l'ultime chance de recevoir de l'amour, du bonheur, de redevenir quelqu'un à qui on a donné confiance en lui même. C'en est trop ! Les larmes coulent le long de mes joues, je viens de comprendre que je suis incapable de l'oublier. C'est décidé ! Je cours jusqu'à l'hôpital. Les yeux encore rougis, je me précipite vers le médecin, et lui hurle les bras au ciel : Oui !!!!
Il pousse un soupir de soulagement , esquisse un sourire et me dit simplement :
- « merci »
Il m' amène devant la porte 123, et me dit d'une voix grave :
- « il n'attend que vous depuis 5 jours, je ne suis donc pas le seul à être content. Je pense qu'il vous a adoptée, j'espère seulement pour lui que votre décision tiendra longtemps. »
Il m'a toujours été difficile de rendre service, jusqu'à aujourd'hui, il a fallu que je rencontre Clément pour en avoir envie. Cela m'a pris malgré tout du temps, mais je pense qu'il est bien que je puisse le faire maintenant. Le médecin est maintenant parti, je suis

seule devant cette porte, face à mes interrogations.
Que va-t-il se passer quand Clément va me voir ?
Que va-t-on pouvoir se dire ?
Je transpire, et c'est d'une main moite et tremblante que je finis par ouvrir cette porte. Je découvre l'enfant face à la fenêtre, qui, au bruit produit par l'ouverture de la porte
se retourne instantanément vers moi et me dit :
- « c'est en regardant le ciel que j'ai compris que je n'étais rien, c'est en te regardant que j'ai compris que tu étais tout ».

Cet instant est magique, mes yeux se sont tournés vers lui, je le regarde avec insistance dans l'espoir d'entendre quelques mots de plus, mais un long silence a fait place. Son mutisme me rend très mal à l'aise au point de ne pas savoir quoi lui répondre. Mes craintes étaient bien fondées. Ne pouvant supporter plus longtemps cette situation, je me retourne brusquement et m'enfuis. J'erre dans les couloirs de cet hôpital. Je sais qu'il me faut y retourner, je dois affronter ce qui me fait peur, aller vers ce que je n'ai jamais reçu de la part d'un enfant :son amour. Pour la première fois, je ressens en moi comme l'impression d'être aimée, sans être redevable pour autant. J'ai soudain une nouvelle force en moi, et d'un pas résolument décidé, je retourne dans sa chambre, je m'avance vers lui et le prends simplement dans mes bras. Aucun mot n'est utile, je pleure de joie. Je souhaite, à travers ma réaction spontanée, lui montrer d'une façon naturelle que je perçois ses émotions, qu'elles sont bien arrivées jusqu'à moi.
Après de longues minutes d'étreinte, Clément lève

ses yeux vers moi, et se met à pleurer. Je devine à travers son regard humide un besoin d'exprimer quelque chose, mais il n'y arrive pas, je lui dis :
— « tu as besoin d'extérioriser ce qui est au plus profond de toi, pour cela je te propose de m'écrire chaque jour une lettre. »
Il me regarde alors d'un air reconnaissant, il a compris ce que je lui ai dit, mais n'arrive pas à émettre un son, un mot... c'est sûrement la première fois qu'une personne lui propose de faire cela. Nous nous asseyons ensuite sur son lit, et nous restons longtemps, ma main dans la sienne sans mot dire. En partant, j'ai pu voir qu'il s'est muni d'une feuille ainsi que d'un stylo-plume avec au bout la tête de Tarzan.

Le lendemain matin, je retourne en grande hâte voir Clément. A mon arrivée, le garçon me donne une lettre, et me fait comprendre qu'il souhaite que j'aille ailleurs pour la lire. J'obtempère. Je décide d'aller m'asseoir sur un banc, dans le jardin de l'hôpital. J'ouvre fébrilement la lettre, et commence à la lire :
   Mme étoile
tu m'as demandé de t'écrire pour te faire partager mes sentiments journaliers. C'est la première fois que l'on me demande ça, aujourd'hui les médecins sont désemparés par mon comportement, ils n'ont jamais cherché à me comprendre, m'aider à guérir... je voudrais partager mon secret avec toi !
Je n'ai jamais parlé de mes sentiments, parce que je n'en ai jamais eu l'occasion, mais maintenant que je peux je n'y arrive pas. Les mots ne sortent pas.

J'espère que tu ne m'en voudras pas.

Clément chambre 123

Pour le moment, la maladie de Clément ne lui permet pas de se vider émotionnellement, mais je pense que cela viendra avec du temps et de la patience.
Je replie la lettre et je l'introduis dans mon carnet favori, pour que chaque message soit entre lui et moi (c'est notre petit secret à tous les deux). Le cœur heureux, je pars le rejoindre dans son univers chambre 123. il m'attend avec impatience. Je ne sais toujours pas quoi lui dire... je ne suis, hélas qu'une pauvre fille sans relation amoureuse. J'ai, pour unique compagnie, un chat qui ronronne pour me consoler et me faire admettre que je ne suis finalement pas si seule. J'ai aussi un boulot, avec une clientèle tellement désagréable que je déteste ce métier .J'ai aussi une mère qui est bien loin... et des amis imaginaires...
Sortant de mes rêveries, je me rends compte qu'il veut en savoir plus sur moi, il rompt le silence :
- « Est-ce que tu as des enfants ? »
- « non »
- « Tu as des animaux ? »
- « Oui un chat, Athos »
je le coupe dans son élan et je lui demande :
- « Qu'est ce que tu aimerais partager avec moi ? Dans ta lettre tu dis que tu as un secret et que tu aimerais m'en faire part. »
- J'aimerais te faire partager (...) et mon secret je te l'écrirai dans la lettre de demain »

à chaque fois un blocage, quelque chose le perturbe. J'aimerais lui dire ce que je pense...
Après cette première vraie discussion et le sentant très fatigué, je prends congé de lui pour le laisser se reposer et prendre du recul sur lui même.

Ce matin j'entends le chant des oiseaux, le ruissellement de l'eau, le clapotis d'une pluie légère, le vent soufflant sur les vitres fraîches embuées, je devine à l'horizon un brouillard épais qui recouvre toutes ces montagnes.
Toute la nuit, j'ai réfléchi longuement. Je crois qu'il faut que je fasse découvrir plusieurs jeux à cet enfant, que j'occupe utilement son esprit.
Il est 9 heures, je prends mon stylo entre le pouce et l'index et je me mets à lui écrire une lettre à mon tour:
Petit ange
nous sommes maintenant deux à écrire des lettres, parce qu'on a plein de choses à se dire, à se confier.
Je pense que chacune de ces choses viendra en temps voulu, mais il faut malgré tout montrer une certaine volonté pour y arriver. Alors aujourd'hui je te propose un jeu.
Tout d'abord, tu te positionnes de manière à être le plus droit possible dans ton lit. En face de celui-ci se dresse un grand mur blanc (ce mur qui paraît si vide), il suffit simplement de le fixer sans tourner les yeux jusqu'à y voir des images. Ces images sont celles de ton cœur et de ton esprit.
Bisous !
Ton étoile

Je retourne ensuite le voir pour lui remettre ce message, en échange, il me donne le sien. Je remarque, en pénétrant dans sa chambre, qu'il fait sombre, un seul rayon de lumière traverse la pièce. Peu de meubles garnissent l'endroit, son lit et à droite de celui-ci, une commode ancienne ornée de quelques objets.
. Chaque mouvement de tête que je fais, clément les suit attentivement du regard, comme s'il attendait une réaction de ma part, à chaque fois que je pose mon œil sur l'un de ses objets.
Ayant fait le tour de la pièce, je m'assieds sur le lit et lui demande :
- « tu te sens comment aujourd'hui ? »
- « Il fait noir dans ma chambre une toute petite fenêtre permet à la lumière de passer, je m'ennuie. Chaque médecin que je croise dans le couloir m'évite afin de ne pas avoir à supporter mon comportement désagréable et incessant, je ne suis peut- être pas quelqu'un de bien ? Par mon attitude désagréable envers les autres, je n'ai peut-être pas ma place ici ? »
- « Dans ma lettre, je te propose un jeu qui permettra à ton esprit de ne pas t'ennuyer. Oui, tu es quelqu'un de bien Clément, tu as seulement un petit problème et tu t'en rends compte, c'est l'essentiel. Ta place, tu l'as trouvée à mes côtés. »

Il a baissé le regard avec à l'œil une petite larme. Mes paroles l'ont touché, mais que pense-t-il vraiment ?...Je ne sais pas tant qu'il ne me parlera

pas. Je sais à quel point il est difficile de parler de soi, d'exprimer ce que l'on ressent. Pour se confier à quelqu'un, il faut d'abord avoir confiance en soi. C'est un long apprentissage, comme toutes les choses de la vie, cela ne vient pas du jour au lendemain, mais peut s'améliorer si l'on s'en donne la peine, petit à petit. Il faut pour cela avoir un but, se trouver une mission quelque chose qui aide à avancer toute sa vie. Il faut essayer de vivre chaque jour en pensant que c'est le dernier. Chaque battement de cœur, chaque inspiration, chaque expiration doivent être vécus comme un moment magique. Après ce long moment silencieux de réflexion, je lui propose de lire mon courrier. Ses yeux se dirigent alors vers moi et il me dit :
- « c'est une décision très sage, notre relation est comme un fragment isolé dans un long message. »

Je ne sais quoi répondre, je lui ai fait maladroitement un bisou sur le front et pars lentement.
Une fois sorti de sa chambre, je reste un moment à le regarder par le hublot. Il relit ma lettre en mimant chaque phrase, par de grands mouvements des bras. Pourtant, son visage pâle ne laisse traduire aucun sentiment, aucun rictus, pas même un mouvement des lèvres. Avant qu'il termine sa lecture et de peur d'être vu, je décide de rentrer chez moi.
Je marche le nez au sol, le carrelage du couloir défile sous mes pieds. Soudain, une voix m'interpelle, c'est celle du médecin. Je lève la tête dans sa direction et il me dit :
- « A-t-il réussi à vous parler ?»

Je lui réponds :

– « S'il veut vous parler, il le fera, mais en aucun cas je ne le ferai pour lui ? »
En lui disant cette phrase, je réalise que je commence à parler comme Clément, lui qui anticipe toujours les réponses et répond tout à fait autre chose que ce qu'on lui demande.
Rouge de confusion devant l'air ébahi du médecin, je cours comme une enfant vers la sortie ! Il est certain qu'il ne doit pas comprendre une telle réaction de ma part, tant pis ! À quoi bon lui expliquer mon attitude, le plus important pour moi est de savoir pour quelle raison j'ai fait cela.
J'arrive à présent devant ma bonne vieille voiture, une camionnette Peugeot, orange vif, garée seule sur le parking. Durant le trajet, toutes mes pensées vont vers la lettre de Clément, je le revois me la tendre d'une main crispée, le regard fuyant. Qu'a-t-il pu m'écrire ?
Arrivée chez moi, j'ouvre rapidement la porte, la referme sèchement d'un coup de pied, et cours vers le canapé du salon en déchirant l'enveloppe qui contient toutes les réponses que j'attends ! Je sors la lettre et découvre une écriture fine et hésitante :

Mme étoile
Aujourd'hui j'ai fait la même chose que le jour précédent en temps et en heure. J'ai pris dans mes bras mon coussin, en regardant les enfants qui jouaient dehors. Ils paraissaient tellement heureux que je les ai enviés au plus profond de moi. Des oiseaux chantaient à côté d'eux, peut-être cherchaient-ils la communication, l'amitié… on ne sait pas !

Je ne comprends pas ces enfants qui viennent jouer aux portes d'un hôpital, alors qu'ils ont la chance de pouvoir aller ailleurs, de s'évader, s'épanouir, vivre une vie comme toute personne dite normale. Moi au fond de ma piaule, je n'ai pas envie de rire, de sourire, je n'ose pas avoir l'espérance et la perspective de sortir un jour d'ici. La seule attente que j'ai à présent, c'est d'espérer que tu ne me laisseras jamais seul face à ce combat difficile!
P.-S. Pour découvrir mon secret, amène-moi au parc demain !

       Clément chambre 123
À travers ses paroles, je devine clairement que cet enfant est triste de voir les autres s'épanouir dans un monde si différent du sien et dans lequel il aimerait tant pouvoir être. C'est pourtant un enfant extraordinaire qui semble éprouver un peu de bonheur en voyant les autres vivre pleinement leur jeunesse dans un milieu propice.
Les lettres se succèdent. Je sens en lui une soif exacerbée de s'exprimer par le biais, plus facile pour lui, de l'écriture. À chacun de ces envois, je découvre un espace inconnu, comme une nouvelle galaxie...
Je passe de longs moments à lui écrire, à parcourir son écriture fine et distinguée, à tenter de lui répondre avec des mots adaptés à sa compréhension. Toutes ses lettres rassemblées forment un puzzle où chaque pièce est un moment féerique, enivrant et surtout inoubliable. J'ai l'impression de vivre un rêve, ou d'être sur un nuage rose, comme si mon passé n'était plus

important...tombé dans l'oubli. Chaque mot qu'il choisit de mettre dans chacune de ses lettres est très précis, et m'aide à le comprendre un peu plus chaque jour. Il essaye de se livrer un peu, mais avec beaucoup de retenue, de pudeur, je pense que c'est encore trop tôt, car nous nous connaissons à peine, mais je ne désespère pas de lire un jour ce qu'il a vraiment au fond du cœur.

Midi sonne, je commence à préparer le repas et j'ai soudain l'idée ingénieuse de lui préparer un petit quelque chose.

III

Après avoir mangé, je retourne voir Clément et l'emmène dans le parc de l'hôpital. Il court en tendant les bras pour imiter l'avion, il essaie d'imiter le chant du coucou ainsi que la pie joyeuse. Quelques écureuils, alertés par les cris de l'enfant courent autour de nous dans l'herbe. Une sensation d'émerveillement et de douce euphorie créée par toute cette agitation m'envahit. Il va si vite et semble si vivant à cet instant !
Quelques minutes plus tard, il montre des signes de fatigue, je m'avance alors vers lui, et le prends par la main. Ensemble, nous allons nous asseoir dans un coin isolé du parc. Nous sommes entourés d'une multitude de fleurs, des knauties, des primevères officinales, du cerfeuil sauvage, du silène enflé et, sur une gesse printanière sous un noisetier, un insecte nommé « balanin » court à toute vitesse... une mouche vole à grand bruit au-dessus de ma tête, une araignée épeire feuille de chêne tisse sa toile, un papillon jaune pâle appelé « citron » vole de fleur en fleur et n'ose pas se poser, un autre insecte, une éphémère, essaye d'éviter le piège que lui tend la méchante araignée....
À cet instant je repense au fameux secret qu'il doit me livrer :
   – « maintenant que nous sommes au parc,

seulement tous les deux, veux-tu me dire ce que tu n'as jamais dit à personne ?
Il hésite, soupire et commence à parler :
- « Je suis amoureux de cette nature. Je ne cesse de l'admirer chaque jour de ma fenêtre. Il y a malheureusement entre elle et moi une distance qui nous sépare tous les jours. Je rêve pourtant de vivre avec elle tout le temps et que tu me fasses découvrir toutes les merveilles qu'elle possède. J'aimerais tant m'aventurer au fond de la forêt, grimper dans les arbres, arpenter les collines et les montagnes... »
- « Ton rêve est extraordinaire, prodigieux, et sublime, et je te promets qu'il se réalisera un jour. Je trouverai un moyen de le faire ! »
L'inattendu se produit alors. Spontanément, il se lève et me saute au cou. Pour la première fois, ses yeux brillent d'une joie extrême, tout son visage rayonne de bonheur. Il me regarde et pour la toute première fois me dit :
- « je t'aime maman »,
Je ne pensais pas un jour entendre le mot maman de sa bouche ! Ne pouvant retenir plus longtemps mon émotion, je m'agrippe à lui, le serre très fort dans mes bras et pleure tout mon soûl, incapable de m'arrêter. Lorsqu'enfin je reprends le contrôle de moi-même, je desserre mon étreinte et le regarde. Je le vois alors surpris de ma réaction si vive. Il semble pourtant comprendre et me fait un sourire. Clément se lève le premier et me tend sa main pour m'aider à me relever. Le temps a passé très vite, nous sommes dans ce coin de verdure depuis

presque 3 heures. Il nous faut retourner à l'hôpital. Clément traîne, marche d'un pas lourd, j'ai l'impression d'être parfois obligé de le tirer. Arrivée dans sa chambre, je l'embrasse tendrement sur les deux joues, et lui dis : à demain ! je vais ensuite voir le docteur Spencer avec l'idée très ferme de commencer le rêve de Clément. Il me faut l'autorisation de pouvoir l'emmener régulièrement dans la « vraie nature », la campagne. À ma grande surprise, le docteur me donne son accord sans la moindre discussion. Ravi et soulagé, je le remercie en lui serrant énergiquement la main.

Après une nuit d'insomnie, j'arrive tôt à l'hôpital, sort presque Clément de son lit en criant : « Que ton rêve commence !
Animé soudain du même bonheur que la veille, il s'habille rapidement et nous partons, tous les deux.
 La promenade se passe dans un endroit magique, car nous sommes au bord d'une rivière alimenté par une cascade joyeuse et bruyante en amont, à l'orée d'un sous- bois. À quelques mètres de celle-ci, « le jardin de renard » (c'est un grand pré, où vivent ces animaux. Habitués du passage journalier des promeneurs, ils sont devenus affectueux et dociles). Il est 9 heures, pourtant, le soleil n'est pas encore parmi nous. On sent encore la fraîcheur matinale monter dans nos narines. Clément n'arrête pas de souffler, c'est le manque d'activité physique. Il marche lentement pour voir chaque détail, il admire la perfection de la nature. Il s'approche d'une fleur et

me demande comment elle se nomme. Je m'empare de mon livre de fleurs et je lui réponds :
- « une prénanthe pourpre faisant partie de la famille des astéracées. »
- « Elle fleurit en quelle saison ? »
- « Juillet — août »

Pendant une demi-heure, et heureuse de la curiosité qu'il manifeste, je deviens botaniste et lui explique le fonctionnement des fleurs, le nom de chaque partie. (Sachant que les Asperger ont une très bonne mémoire, je pense qu'il a tout retenu, jusqu'au moindre détail.)
Ensuite,Clément me demande de chercher avec lui un endroit isolé, où aucun passage n'est possible. Il veut faire une cabane secrète en bois. Un lieu unique, où nous pourrons nous retrouver tous les deux, loin du monde, simplement entourés de ce qu'il aime, la nature. C'est lui qui trouve le lieu magique. On se disperse alors, un à droite et un à gauche pour trouver tout ce qui peut être bénéfique pour la construction de la cabane. Après avoir trouvé l'ensemble des matériaux, nous nous mettons au travail. Il est 18 heures nous n'avons toujours pas fini. Nous sommes tous deux fatigués, mais heureux d'avoir avancé comme nous l'avons fait et surtout, d'avoir passé notre première journée entière ensemble.

J'ai profité de toute ma soirée pour me détendre, apprendre des tas de choses sur les plantes, les insectes, pour pouvoir l'instruire un peu plus demain. Comme chaque soir, je me pose au bord de la fenêtre et rêve. Dehors les chiens aboient. Quelques passants dessinent des ombres sur la route et sur le trottoir. Un souffle léger caresse ma joue chaude jusqu'à la rendre froide. Cet air si pur embaume chacune de mes narines, je respire goulûment, comme si c'était la dernière fois que l'air allait croiser le chemin de mes deux poumons. Chaque événement important qui se produit a un impact important sur mon cœur, martèle ma cage thoracique comme pour la briser. Cette sensibilité m'a toujours joué des tours, mais qui puis-je ? Il est pourtant extraordinaire de ressentir des sentiments extrêmement puissants.

IV

Ce matin, je dois ouvrir mon magasin et travailler jusqu'à midi pour me libérer le reste de la journée. Je sers les clients, mais mes pensées sont ailleurs, tout ce que j'ai appris la veille me revient en mémoire. Certains consommateurs s'énervent, car je fais beaucoup d'erreurs... Comme me disais clément « il faut laisser passer tout reproche qui te nuit ». Cet enfant a un caractère déconcertant, il a vécu tellement de choses difficiles que les remarques ne l'atteignent plus.
J'ai passé une matinée entière à vendre du tabac, un produit qui détruit. Paradoxalement, je m'occupe d'un enfant perturbé de naissance, qui semble pourtant plus clairvoyant que moi, car il m'en avait fait le reproche lors de sa venue dans mon magasin. Je pense qu'il voulait une prise de conscience immédiate de ma part.... ça n'a pas du tout été le cas.

Quand soudain, je reçois l'appel d'un numéro inconnu, je réponds !
- « bonjour »
- « Bonjour, Mme Guérin ? »

- « oui, c'est bien moi »
- « C'est l'hôpital de Vannes en Bretagne, nous avons le regret de vous annoncer la mort de votre mère. Elle s'est donnée volontairement la mort »

Je blêmis et cherche une chaise pour m'asseoir. Je me demande si je ne rêve pas ! Je mords ma lèvre qui se met à saigner abondamment.

- « Vous êtes sûr que vous ne vous êtes pas trompé, vous parlez bien de Mme Guérin ? »
- « Oui, je suis navré, vous voulez l'adresse afin de vous rendre à ses funérailles ? »
- « Heuuu.....oui.... s'il vous plaît »
- « 25, place de chômage en Espagne »
- « merci pour cette information »
- « je vous en prie au revoir »

Je fonds en larmes, car c'était la dernière personne de ma famille qui me restait, même si nous ne nous parlions plus. La savoir simplement vivante était pourtant réconfortant, j'espérais pour elle une belle vie et pouvoir peut-être la prendre un jour dans mes bras. Seulement la vie a décidé un destin autre que celui que j'avais imaginé. Je me rappelle, lorsque j'étais petite, la vie que ma mère avait avec mon père n'était pas facile tous les jours. Je me souviens du temps où on était bien, on se faisait des après-midi jeu, parfois on préparait des gâteaux... j'essayais de lui occuper l'esprit pour quelle ne tombe pas dans un désarroi total à cause de ce que lui faisait subir mon père. Je revois son sourire magnifique, sont regard expressif à chaque fois que l'on passait du temps ensemble. Elle me disait souvent que j'étais resplendissante, elle aussi était une femme éclatante qui essayait d'apprécier chaque moment de la vie. Si elle a tenu toutes ces années c'est grâce à moi, son unique enfant. Elle me disait : « tu es ma lumière, tu éclaires chaque instant de ma vie. » Aujourd'hui, j'ai le remords de l'avoir abandonnée avec un monstre, son mari, qui lui fait vivre chaque jour des atrocités. Peut-être serait-elle encore de ce monde si elle n'avait pas vécu tout cela ? Je me souviens quand j'étais petite, elle prenait chaque matin une petite chaise blanche qu'elle déposait dans le séjour, elle me faisait asseoir et passait des heures à me coiffer comme une princesse... Je me raccroche à ces bons souvenirs, car c'est décidé...je vais partir pour assister à ses funérailles. J'ai un peu peur de me retrouver face à mes oncles, mes tantes, mes cousines... toute cette famille qui a toujours détesté ma mère. Tous ceux qui ne l'aimaient pas ne pouvaient pas m'apprécier non plus, car on se ressemblait comme deux gouttes d'eau. Deux jumelles avec entre elles, une génération d'écart.

Je prends ma camionnette pour partir la rejoindre. Durant le trajet, je me pose plein de questions. Est-elle mieux, là où elle est ?... Peut-être qu'elle me voit... Je ne le saurais hélas jamais. J'aurais tellement aimé lui dire un tas de choses avant qu'elle s'en aille. Certains disent que l'on meurt seulement lorsqu' on l'a décidé, je ne suis pas tellement d'accord avec cette affirmation, car si c'était ainsi..., elle serait encore là aujourd'hui. Nous avions l'une comme l'autre besoin de nous retrouver un jour...

jamais nous n'aurions dû nous perdre de vue. Mais la vie en a décidé autrement, j'ai malheureusement été dans l'obligation de partir à 18 ans de chez moi, car mon père ma mise à la porte du jour au lendemain... sans raison valable... il m'avait simplement dit « prends ton envol comme un cui cui ». Je crois en fait qu'il voulait se débarrasser de moi, car il ne m'aimait pas beaucoup, d'ailleurs, j'avoue ne pas l'avoir aimé non plus, comment aurais-je pu avoir de l'affection pour un père qui battait ma mère ? Ma pauvre maman était impuissante devant ses actes de violence, elle avait tous les jours peur de se prendre un mauvais coup. Et pour cause, un mardi d'automne, ma mère, ayant été frappée sur la tête, s'était retrouvée à l'hôpital. Elle était restée plusieurs mois dans un coma profond. Je restais tous les jours auprès d'elle à lui raconter mes journées. Je me souviens que, lorsque je lui racontais quelque chose de triste, des larmes coulaient sur son visage... Cela curieusement me rassurait, car c'était la preuve formelle qu'elle était bien vivante, et entendait toutes les choses que je lui disais... et puis un matin, elle s'est réveillée. Le regard qu'elle posa sur moi fut plein d'amour. J'ai compris ce jour-là sa détresse, et toute sa désolation pour la peine qu'elle m'infligeait. Nous sommes ensuite rentrées à la maison, et la vie a repris, malheureusement comme avant.

Je roule depuis plusieurs heures, perdue dans mes pensées, lorsque soudain, un des pneus se perce. J'arrive tant bien que mal à me garer. Je dois appeler un dépanneur... la poisse refait surface

« non tu ne peux pas me faire ça aujourd'hui titine !!! ».
L'enterrement est prévu à quinze heures, je n'y serais jamais ! Effectivement, après plusieurs heures d'attente, le pneu est réparé, mais il est hélas trop tard. Je suis en rage. C'était un moment important pour moi.
Tant pis, je décide de reprendre le chemin du retour, je me console en pensant à mon petit protégé et au rendez-vous important que je dois avoir avec le docteur Spenger, sur la colline qui surplombe la forêt où nous avons construit notre refuge clément et moi.
Dès mon arrivée, je récupère Clément et l'emmène très vite dans ce lieu. J'éprouve un besoin irrésistible de me retrouver seule avec lui.
Notre cabane secrète est restée totalement intacte. Chaque planche, morceau de bois... est restée au même endroit malgré un vent brutal la nuit précédente.
Nous nous sommes remis au travail le plus vite possible afin de terminer en fin de journée !
L'enfant a pour la première fois de sa vie, réalisé quelque chose qui lui tient vraiment à cœur, son regard qu'il me lance lorsque nous avons fini, exprime un large et rayonnant remerciement. On a formé une chaîne à deux, déclare-t-il, un qui va chercher les bois et un qui les ajuste à l'ensemble. Chaque détail lui importe beaucoup, il semble accorder énormément d'importance à la perfection.
Fatiguée de ma journée, et de ce travail, je m'assieds au pied d'un arbre et lui dis :
- « j'ai une mission pour toi Clément ! »

- « Oui, laquelle ? »
- « je vais te donner un bout de plâtre il faudra que tu y graves nos initiales ainsi que le nom de notre cabane »
- « d'accord !, mais je n'ai jamais fait ce genre de choses »
- « Et bien, tu vas découvrir et apprendre l'art, tu peux également intégrer tout ce qui te semble bon »
- « Je le ferai»

chaque discussion avec ce garçon ne dure qu'un court instant, il ne s'éternise jamais !
Il demeure toujours une part de mystère en lui. Lorsque l'on semble l'atteindre parfois, il s'en rend toujours compte et redevient immédiatement inaccessible. Clément s'assoit à son tour au pied d'un arbre, et le contemple de haut en bas. Il reste dix minutes sans bouger, sans un mot, juste l'œil et l'oreille attentifs à tout ce qui se produit autour de lui.
Il se relève enfin , s'approche de l'arbre et le serre fort contre lui.
On dit que les arbres sont des ressources bénéfiques pour l'homme...,
Clément relâche enfin son étreinte avec malgré tout beaucoup de difficultés. Sur l'arbre se trouve un champignon tout dur, il essaye de l'attraper en prétextant de vouloir le garder en souvenir.

Las de cette journée, nous rentrons d'un commun accord. Lorsque je le quitte, il n'oublie pourtant pas de glisser dans ma poche sa lettre journalière.

Mme étoile
ces temps-ci, les jours m'ont paru moins longs, avec la construction de notre chère cabane.. J'espère que les jours prochains, nous allons créer, découvrir, aller au cœur de cette nature riche.
La nature me faire reprendre vie, elle me donne de l'inspiration, chaque émotion me saisit de la tête aux pieds Par contre, une grande fatigue m'emporte chaque soir, comme si j'avais travaillé dur toute la journée..

Clément, colline de la cabane

pour la première fois il ne finit par sa lettre par le numéro de sa chambre, cela est très bon signe il n'appartient plus à la chambre 123, mais à la colline de la cabane.

30 juillet
J'arrive dans sa chambre, Clément pleure toutes les larmes de son corps. J'essaye au maximum de le cajoler, mais rien de l'arrête... il ne veut rien me dire... !
Inquiète, je vais voir Patricia, une infirmière du service,
- « pouvez-vous m'expliquer ce qui se passe, je ne sais plus quoi faire,Clément ne cesse de pleurer ! »
- « Il a fait pipi au lit cette nuit, le médecin l'a puni, il n'a plus le droit de sortir jusqu'à nouvel ordre !!! »
- « Cela est révoltant, cet enfant demande seulement un peu d'attention venant d'un adulte et vous le rejetez comme un mal

propre.
Je suis tellement sensible aux émotions ressenties par ce garçon que cette situation est pour moi totalement inadmissible. Je ne peux supporter plus longtemps cet établissement!!! »
Folle de rage,je retourne dans la chambre de Clément, et découvre l'enfant rouge de colère. Il agite ses bras et crie :
- « tu n'avais pas le droit de savoir !, pars d'ici, je ne veux plus te voir »
- « je voulais juste comprendre ! »
- « Pars je t'ai dit avant que je crie plus fort ! »
- « Mais... »
- « HAHAHAHA »

L'infirmière ,alertée par ce vacarme, entre dans la chambre.
- « Je veux que cette femme sorte tout de suite de ma chambre !!! » Hurle Clément en s'adressant à elle.

L'infirmière se tourne vers moi et, d'un ton autoritaire déclare:
- « je vous demande de partir, madame l'enfant vous l'a demandé ! »

J'ai soudain peur de perdre Clément, pourquoi cette attitude si cruelle envers moi ! Hochant la tête et les poings serrés, je murmure :
- « Je ne partirai pas!!!.»

Devant mon insubordination, Clément se met à crier de toutes ses forces, je ne le reconnais plus. Devant tant d'obstination de sa part, Je pars tenaillée par la souffrance et l'incompréhension. Je me réfugie au fond d'un couloir. Je suis anéantie d'avoir entendu tant de méchanceté sortir de sa bouche. J'essaye de

penser à autre chose, mais je n'y arrive pas, je suis beaucoup trop sensible pour surmonter une épreuve aussi dure en aussi peu de temps.
C'est la toute première fois qu'il prononce le mot femme pour me désigner. J'ai l'impression d'avoir tissé un lien qui vient aujourd'hui de se rompre.
À cet instant, tout me paraît sordide dans cet hôpital, ces couloirs sombres, ces chambres impersonnelles, le personnel antipathique, et Clément que je ne comprends plus. Au fond de moi un orage gronde, une sensation d'impuissance m'envahit...
je pars en courant, je crie de toutes mes forces pour faire entendre au monde entier cette abomination qui me tombe sur la tête ! Les oiseaux apeurés s'éclipsent, les fleurs se referment sur elles même, le ciel se charge de nuages, et la pluie commence à tomber.
Je prends ma camionnette, et je pars prendre l'air le plus loin possible, je roule, roule....

Je roule toute la nuit. Au petit matin, J' arrive dans un petit hameau proche de bordeaux. Je passe la journée entière à courir, marcher, jusqu' à l'épuisement. Alors dépourvue de force, je m'allonge dans la camionnette et je pleure. Je fais cela pendant quatre jours complets avec pourtant, quelques moments de trêve, où je compte les mouettes, admire l'océan qui a une ressemblance avec les yeux de Clément. J'ai beaucoup trop d'affection pour l'oublier, pour tenter de le renier ou même simplement cesser de penser à lui, et imaginer l'enfer des journées que passe cet ange dans ses dix mètres carrés.

Le cinquième jour, je reprends courage. Je retourne dans cet hôpital et dépose une carte venant de bordeaux que je glisse sous la porte 123. Dessus un message :
« l'étoile veille chaque jour sur l'ange des montagnes ». Difficile de savoir sa réaction, et son comportement face à cette lettre. La seule crainte qui me vient à l'esprit est un rejet définitif de sa part, et qu'il se renferme à nouveau sur lui-même jusqu'à perdre espoir..
Sortie de l'hôpital, je ressens le désir irrésistible de parler de tout cela à quelqu'un.
Je décide avec étonnement de me rendre pour la première fois de ma vie dans une église. En entrant, la fraîcheur de l'air me saisit, je m'avance d'un pas déterminé jusqu'au confessionnal.
- « Bonjour mon père, jusque-là je ne suis jamais entrée dans une église. Aujourd'hui je suis face à une situation qui me désole et qui me fait perdre le contrôle de ma vie ! »
- « Dieu est à ton écoute, tu peux te libérer, et parler »
- « J'aide un enfant atteint du syndrome d'Asperger depuis bientôt un mois, le personnel soignant ne peut pas faire grand-chose pour lui. Je crois qu'il m'a choisie, pourtant, aujourd'hui, il refuse de me voir. J'aimerais réparer toutes les erreurs que j'ai faites jusqu'à présent et j'aimerais aussi vous faire part d'une chose importante et

personnelle. Quand j'étais petite, je me faisais battre par mon père, à chaque fois qu'il rentrait du travail il commençait par ma mère, c'était ensuite mon tour... cela pouvait durer plus de dix minutes sans répit. J'aimerais que son âme repose en paix, je ne lui ai jamais pardonné et je ne lui pardonnerai jamais. Maintenant adulte, je prends conscience de la difficulté de la vie. Aujourd'hui, je perds le contrôle. Je me rends compte à quel point c'est difficile, avant c'était lui, aujourd'hui, c'est Clément.

- J'ai une dernière chose à vous dire, c'est un vœu »
- « je t'écoute »
- « Faites en sorte que l'enfant regagne espoir en la vie, et qu'il ne s'éloigne jamais ! »
- « Dieu fera en sorte que tout vos péchés ainsi que votre vœu soient pris en compte du mieux qu'il pourra»

Je sors avec une boule au ventre, insatisfaite de ses paroles.

C'est le début pour moi d'une période difficile et solitaire. Je me renferme sur moi-même pendant plusieurs mois, ne sortant que pour aller travailler. Je sombre dans le désespoir et le chagrin, nourri par une déception énorme.

Nous sommes le (…)

10 octobre

Je refais surface peu à peu, et décide de vendre mon bureau de tabac presse, je me fais suivre par un psychiatre, je suis une formation d'un mois dans l'aide à l'enfance. Je fais désormais partie d'une association AEEP (Aide à l'Enfance en Difficulté). Chaque matin, je m'y rends, enfile ma blouse et retrouve des tas d'enfants. Certains ont de graves maladies et d'autres sont dans des familles à situations difficiles, ou même parfois inexistantes. Il y a par exemple un enfant qui s'appelle Léon, il a seize ans et est devenu muet, suite à un traumatisme. Il est étranger et a perdu sa sœur âgée de seulement cinq ans et sa mère de trente-sept ans à la guerre. Il a toujours sur lui une photo où il était en habits militaires et portait un fusil prêt à partir sur le front. Son père ne lui a jamais donné signe de vie. Son histoire lorsqu'il me l'a raconté m'a touchée énormément. Il vient souvent se réfugier contre moi, car il a peur de tout le monde. Et sur son visage noir, quelques marques sont encore apparentes. Malgré sa peur qui ne s'apaise jamais, il me fait comprendre qu'il doit retrouver son père, mais que pour cela il a besoin de mon aide. Il veut que je lui apprenne à nager pour traverser la mer et retrouver son pays. Quel beau rêve ! Au début pour communiquer avec lui, je faisais comme je le pouvais, puis j'ai appris par la suite la (LDS) langue des signes.

Parmi tous les enfants, il y a aussi une petite fille aux yeux vert clair. Elle a dix ans et a malheureusement subi des actes incestueux. Elle me raconte souvent chacun de ses moments atroces. Parfois, la honte

l'envahit au point de ne plus pouvoir se regarder elle-même, dans un miroir. Aucun homme ne peut l'approcher désormais, c'est la règle.
Tous ces enfants ont une histoire souvent difficile à entendre Ils ont tous vécu quelque chose d'horrible. Certains ressentent encore une douleur bien vive ... d'autres contractent des maladies venues précocement. Je vis plein d'aventures avec les enfants. Cela m'est très bénéfique, j'arrive à mieux les comprendre et souvent à trouver un moyen de les soulager.
Parfois, cela ne dure pas, mais l'important pour moi, c'est de leur redonner le sourire.
Tout le travail que je fais aujourd'hui n'est en fait pas anodin, car je pense tous les jours à Clément et n'ai qu'un but. Le comprendre enfin et pouvoir l'aider. Je pense avoir maintenant toutes les cartes en main, pour cela!

Je ne sais pas ce qu'il est devenu. Peut-être qu'il pense que je l'ai abandonné, que je ne reviendrai plus jamais ? Peut-être que c'est lui qui m'a tout simplement oublié... !

V

    Mon stage est terminé, devenue plus forte de cette expérience et prête à affronter le milieu hospitalier pour voler au secours de Clément, je prends mon courage à deux mains et retourne dans cet univers sordide.
    La chambre 123 est totalement vide, je m'imagine le pire !
    Je me mets à genou et crie son nom de toutes mes forces. Une infirmière arrive interloquée, et me demande :
- « que se passe-t-il madame ? »
- « Un enfant nommé clément était là il y a deux mois
- et il ne reste que sa commode ancienne avec son bonnet ! »

Elle me répond d'une voix douce
- « je suis désolée, l'enfant a été transféré dans un hôpital psychiatrique en Belgique. Il est devenu violent ! Cet enfant n'avait jamais de visite, qui êtes-vous ? »
- « je suis sa mère !!!(dis-je d'un ton énervé), donnez- moi l'adresse s'il vous plaît, il faut que je m'y rende avant qu'on ne fasse de lui un fou ! »

l'infirmière me laisse ensuite seule...
j'ai fait le tour de la pièce une centaine de fois, pour

me rappeler chaque instant. J'essaie de me rappeler l'odeur particulière de cet enfant , mais il n'y a que celle de l'hôpital. Les moments les plus beaux en sa compagnie refont surface. Je me souviens du jour où il s'est mis à genoux et m'a serrée très fort, me rendant prisonnière de ses bras. Il voulait me retenir pour que je reste à jamais avec lui.
Pendant quelques minutes, je rêve dans sa chambre d'un monde merveilleux, entouré d'une nature colorée et vivante, d'un voyage sensationnel avec Clément découvrant des paysages somptueux, une faune et une flore extraordinaires. Un monde où tous les hommes se respectent, où la sérénité existe.
Clément me manque plus que tout au monde. Sera t-il possible de vivre cela un jour avec lui ? Faisant une dernière fois le tour de sa chambre, je m'approche de la fenêtre et m'aperçois qu'elle a été changée. Elle laisse passer aujourd'hui un large spectre lumineux.

De retour chez moi, je prends le téléphone et compose le numéro de l'hôpital
- « bonjour, services psychiatriques de Belgique »
- « Bonjour, je suis Mélanie Guérin, je suis une personne proche du jeune clément Blidot, j'aimerais savoir comment il va. »
- « Je vous laisse patienter je vais vous passer le psychiatre qui s'occupe de lui actuellement »

je me souviendrai toujours de la musique d'attente « titalilalou poupoudou ritinilita » aucun mot

perceptible, seulement des syllabes enchaînées les unes aux autres.
- « Bonjour, je suis le psychiatre qui s'occupe de clément il se reconstruit petit à petit. Il ne veut pas nous parler, nous ne connaissons d'ailleurs pas le son de sa voix... nous espérons un jour qu'il nous adressera la parole. »
- « Dites - lui seulement que madame étoile lui passe le bonjour et qu'elle aimerait beaucoup lui rendre visite très prochainement, il comprendra, je vous remercie docteur à bientôt ».
- « au revoir »

Mes paroles manquent de conviction, j'ai tellement peur qu'il me rejette pour toujours, je ne me sens d'ailleurs pas prête à le retrouver maintenant. J'ai échoué une première fois et je ne supporterais pas un nouvel échec. Peut-être que je ne suis tout simplement pas assez courageuse pour une telle mission !

Je décide d'en parler à mon psy, pour qu'il m'aide à répondre à tous ces questionnements :
- « bonjour, asseyez-vous Mme Guérin je vous en prie »
- « Bonjour, Mr Lambeau, je passe mes journées à réfléchir, à me poser des questions, des doutes sur moi même s'installent, j'ai l'impression d'être dans un large fossé dont je ne sortirai jamais. »
- « Mme, vous êtes quelqu'un de bien qui veux

avancer, et qui, malgré une grande souffrance avancera. Le fardeau que vous portez, je peux vous aider à l'alléger , mais pour cela il va falloir me dire tout jusqu'au moindre détail. »
- « Cet enfant je l'aime tellement, que j'ai l'impression que c'est ma chair. »
- « Pourquoi un attachement si fort avec lui ? »
- « Tous ces moments que j'ai passés avec lui pour essayer de trouver le pourquoi du comment. Toutes ses phrases qu'il me disait. Ce regard expressif, qui faisait de lui un enfant admirable, divin..., un garçon qui ne parlait pas beaucoup, mais qui au fond de lui avait tellement de chose à dire.... il me disait "le sourire remplace les mots" toutes ces courtes phrases qui pourtant disaient tant de vérités. »
- « Mme Guérin, vous êtes dans une impasse épineuse, si vous n'enlevez pas l'épine du porc-épic, vous souffrirez toujours. »

Ses mots me font éclater de rire.
- « On ne m'avait jamais dit une expression aussi drôle, mais cela ne résout en rien mon problème, j'irai jusqu'au bout pour aider Clément. Je préfère en rester là pour aujourd'hui je suis fatiguée je vous remercie. A très bientôt. »
- « Je l'ai inventée, mais je suis ravi qu'elle vous ait fait rire, mais sachez une chose, c'est que je suis de tout cœur avec vous ! Revenez me voir, nous trouverons une solution! Au revoir »

Je préfère rentrer directement chez moi... je ne lis maintenant plus aucune de ses lettres comme je le faisais habituellement chaque soir, accoudée à la fenêtre du salon d'où je peux jouir d'une large vue sur le quartier.

Je reste une bonne partie de la nuit éveillée, j'aimerais tant le voir dormir, j'aimerais pouvoir sentir sa peau douce. Je rêve d'être au pied de son lit à lui raconter des histoires, des poèmes. Avec lui je me sens comme étant une personne totalement différente. Comme si aucun souci ne pouvait m'atteindre.

VI

Il est deux heures du matin, ma valise est faite, ma camionnette opérationnelle et prête pour partir à l'aventure. Je pars pour la Belgique !
Tout le long du voyage, je me demande s'il va pouvoir comprendre pourquoi j'ai pris du recul ? Va-t-il seulement bien vouloir m'écouter ?
Le voyage est très long, 624 kilomètres à parcourir. Pour m'occuper l'esprit, je regarde le numéro de chaque voiture qui passe, j'essaye de trouver d'où elle vient, ou alors j'imagine dans quelle direction elle peut bien aller. Parfois des jeux simples comme cela occupent l'esprit et chassent l'ennui.

ça y est, je viens de quitter la France ! C'est la première fois que je voyage hors de mon pays, que je découvre une terre inconnue comme celle-ci. Je me surprends à prendre beaucoup de plaisir à admirer, chaque fragment de nature, de sculpture, de paysage, d'architecture.
Moi qui pensais vivre toute ma vie dans un bureau de tabac, je me retrouve aujourd'hui en Belgique !
C'est sensationnel !
J'ai l'agréable sensation d'être soudain proche de Clément, je scrute attentivement le paysage pour

avoir beaucoup de choses à lui raconter.
Le langage sur tous les panneaux est incompréhensible !!!
Moi qui ne suis pas très dégourdie, sans GPS, sans carte, je vais dans un endroit que je ne connais point, mais j'avance malgré tout. J'ai soudain le sentiment d'être perdue. Je m'arrête dans une petite ville, et par chance, tombe sur quelqu'un qui parle français.
- Bonjour monsieur, où suis-je ?
- Ma chère madame, vous êtes à Sarrebruck, en Allemagne.

Mince, je me suis trompée de route, en plus, c'est le soir, il est 20 Heures et je suis extrêmement fatiguée. Il me faut trouver un hôtel. J'interroge à nouveau le monsieur :
- Y a-t-il un hôtel pas loin.
- Il y en a un juste au coin de la rue, ma petite dame
- Merci monsieur, lui dis-je rassurée
Je vais à pied jusqu'à l'hôtel et ouvre la porte.
- « Hallo frau »
je ne comprends absolument rien ! j'essaye alors de me débrouiller en anglais
- « hello, I would like to speak to a French please !»
- « yes, a moment please », « Bonjour, vous êtes française ? »
- « Oui, ouuuua, tutututututulu !!! quel soulagement de parler à quelqu'un de français ! »
Je suis tellement contente que j'ai oublié totalement

pourquoi je suis venue ici, pour parler enfin à un français?...Non ! Je n'aurais pas fait tout ce chemin pour une raison aussi stupide...!
- « Vous voulez une chambre avec un lit simple ? »
- « Oui, c'est ça youppi !!! »
Il doit se demander pourquoi je saute de joie à chaque fois qu'il dit une phrase totalement banale...
- « Je vous inclus le petit déjeuner ? »
- « oui s'il vous plaît »
- « voici les clés, je vous souhaite un bon séjour dans notre hôtel, qui est, comme vous le verrez, accueillant et pittoresque »
- «Merci.»

Chambre 123, c'est un peu comme une coïncidence. Je monte au premier étage, j'emprunte un long couloir au tapis rouge baigné d'une lumière douce diffusée par des bougies rouges pailletées en forme de rose posées sur des meubles cirés. L'ensemble donne à l'hôtel une ambiance particulièrement romantique. J'ouvre la porte de ma chambre, je suis restée sublimée par la beauté de cet hôtel. Il y a un lit en bambou recouvert de draps de soie fine, au pied, un tapis doux d'une couleur blanchâtre. Une douche a l'Italienne avec au fond de celle-ci un petit jacuzzi deux places. Une véranda face à la ville, j'ai l'impression d'être à Hollywood !!!
Je pose mes affaires, et décide de tester chaque chose à commencer par la douche, ensuite cette télévision-écran incurvée FULL HD « cela me changer de mon cube haha ». Et je finis par ce lit moelleux, douillet et surtout très reposant.

VII

À mon réveil j'ai comme l'impression d'être une princesse qui attend les croissants de son prince.
J'ai vite réalisé que je suis seulement une pauvre fille paumée dans un pays dont je ne connais pas l'issue de sortie.
J'ai fini malgré tout mon réveil en douceur, avec une séance jacuzzi de 20 minutes.

Après cela, je descends prendre mon petit déjeuner.
On m'a installée sur une table ronde à côté d'une baie vitrée d'où je distingue un jardin extrêmement beau et fleuri.
Sur la table, des croissants (mais ils ne viennent pas du prince !!!), du pain tout chaud, du nutella et de la confiture, du beurre et une quantité impressionnante d'aliments, je ne trouve même pas la place pour mettre mes coudes !

En milieu de matinée, je retourne à l'accueil de l'hôtel, fais des éloges sur la grande qualité de l'hôtel et paye.
Ma camionnette m'attend sur le parking, mais cette fois-ci entourée de plusieurs voitures de luxe.... elle

fait presque tache au milieu de tout ça !me dis-je.
Tant pis. Je reprends la route.
À force de tourner en rond, je finis par trouver une librairie qui vend des cartes du monde ainsi que de quelques pays, dont la Belgique et l'Allemagne, les deux dont j'ai besoin !
Grâce à mon petit investissement, je réussis enfin à trouver mon chemin, et vers 15 h, j'arrive et me gare devant cet hôpital gigantesque, avec une grande porte en chêne massif et des vitres faisant environ ma taille aux angles arrondies. Sur le toit, une multitude de petites lucarnes. De loin elles ne paraissent pas plus grandes que ma main. Devant, quelques fleurs mal entretenues et un escalier comportant beaucoup de marches, mène à l'entrée.
Quand je sors de la voiture, je suis surprise d'entendre des Cris d'enfants inquiétants, comme si on les torturait... j'espère seulement que Clément n'en fait pas partie.

Je pousse cette énorme porte et découvre l'intérieur. Tout est gigantesque. Les cris sont encore largement audibles. Nul doute, nous sommes bien dans un hôpital psychiatrique et non dans un palais royal ».
Après avoir pris une grande inspiration je me rends devant un immense comptoir pour me présenter :
    — « Bonjour, je suis quelqu'un de très proche pour l'un des   enfants qui se trouvent dans cet établissement »
    – « Bonjour, comment s'appelle'-il ? »
    – « Clément Blidot. »
    – « Oui, effectivement il est bien ici. Il est en ce moment même avec les médecins. »

Elle prend une carte, me la tend et dit :
- « voici où vous devez vous rendre c'est complètement de l'autre côté du bâtiment, il faut que vous alliez à gauche tout droit à droite puis encore à droite.... »
Je ne comprends rien à ses explications, mais je me dis que je trouverai bien mieux toute seule :
- « je vous remercie ! »
L'hôtesse esquisse un sourire et me dit d'une voix insistante :
- « vous êtes sûre d'avoir compris parce que ce n'est pas évident à trouver ! »
Je lui montre la carte et lui répond :
- « ne vous faites pas de souci, je suis une pro de la carte (avec un grand sourire coincé) »
elle me regarde alors et se met à rire :
- « tant mieux alors, passez une bonne journée ! »
- « Merci .»
Au fond de moi, je suis plutôt mal à l'aise et fatiguée. Les cris persistants des enfants m'affolent un peu, j'ai mis deux jours à trouver l'hôpital et il faut maintenant que je trouve le service Asperignon.
  Je commence mes recherches, et navigue dans tous les services. Tous sont personnalisés d'une couleur propre pour un repérage plus facile. Il me faut pourtant 3 longues heures, avant de trouver le bon. Arrivée sur les lieux,je vois une infirmière qui m'explique que Clément est toujours en consultation et qu'il me faut patienter dans la salle d'attente.
Sur les murs, des peintures d'enfants. Toutes ont un style bien particulier. Je regarde chaque signature pour voir si Clément n'y figure pas. Non, je ne

reconnais pas la sienne.
Sur certaines de ces œuvres, sont écrits des mots lourds de sens. Je suis frappée par une des peintures montrant un enfant enfermé qui crie : « maman je t'aime ! », une autre représente le monde à sa manière, c'est plutôt réaliste !, mais tout de même enfantin. Une troisième peinture, sous la forme d'une bande dessinée, montre un enfant qui cherche l'amour maternel que pourrait lui donner une infirmière, mais celle-ci refuse de trop s'attacher à lui. Alors, il pleure les quelques larmes qui lui restent et lui donne sa main pour lui faire comprendre qu'il ne peut pas vivre sans cela. C'est très important d'être rempli d'amour maternel pour pouvoir se construire correctement et avoir une vie équilibrée.
Je reste une dizaine de minutes devant chacune des oeuvres, subjuguée par l'inspiration débordante des enfants, quand soudain j' entends mon nom :
- « Mme Guérin ? Mme Guérin ? »
Je m'attends à ce que ce soit l'enfant ! Mais hélas, ce n'est pas lui... Je réponds :
- « Oui !! »
- « Je suis ravie de vous rencontrer, je suis l'infirmière qui s'occupe de Clément ! Je vais vous amener dans le bureau du docteur. »
- « Merci »
On traverse un long couloir dans lequel il nous faut ouvrir une multitude de portes. L'infirmière frappe au bureau, et me fait signe d'entrer.

- « Bonjour, Mme Guérin, je suis le médecin qui s'occupe de votre petit protégé et qui vous a

parlé au téléphone récemment !, nous sommes heureux que vous soyez parmi nous. »
- « Bonjour, merci docteur. Comment va t-il ? Je m'inquiète tellement pour lui !!! »
- « Rassurez-vous, il va bien et il est entre de bonnes mains, ne vous inquiétez pas. Puis-je vous poser une question ? »
- « Oui bien sûr. »
- « Qui êtes-vous pour cet enfant ? »
- « je suis (...) »
- « Sa mère ? Sa tante ? »
- « Non, je suis arrivée dans un hôpital en France pour un malaise, cet enfant était là ce jour-là. Il s'est immédiatement attaché à moi. Je me sens désormais liée à lui pour toute la vie. À la suite d'un comportement odieux du personnel je me suis mise en colère et l'enfant m'a rejetée comme une inconnue, je suis partie quelques jours, je n'ai jamais réussi à revenir. Quand j'ai trouvé le courage de revenir deux mois plus tard, l'enfant était parti ! Ce garçon est tout pour moi »
à cet instant, je ne peux contrôler mes émotions.
- « Ne pleurez pas madame, vous allez enfin le retrouver !!! »
- « Peut-être qu'il croit que je l'ai abandonné. Il ne voudra peut-être plus me parler?... »
- « Je comprends le désespoir que vous avez face à cette situation difficile. Mais aujourd'hui, il ne vous reste plus qu'à avoir le courage d'aller le voir... faites-moi confiance ! »

- « Vous avez raison !!! »
- « venez avec moi je vais vous accompagner »
- « Merci vous êtes très gentil. »
- « C'est mon rôle ma chère madame. L'enfant a besoin d'amour et vous seule pouvez lui donner cela. Moi je dois exercer mon métier avec beaucoup de professionnalisme pour effectuer cela, je ne m'autorise aucune familiarité à l'égard de l'un de mes patients. »

Il m' emmène jusqu'à la porte de sa chambre et me dit :
- « Dieu est avec vous !, passez dans mon bureau à la suite de cette entrevue pour que vous me laissiez vos coordonnées. Il faut que je puisse vous joindre si le moindre problème nous arrive avec Clément. Peut-être que votre présence calmera sa nervosité. Vous m'avez l'air très sentimentale et attachante. Je comprends tout à fait pourquoi il vous a choisie et pas une autre personne. Cela semble évident!
- « Je le ferai sans faute, merci docteur. »

Le docteur est parti, je suis là, devant la porte de la chambre de Clément. Le même hublot que celui de la chambre 123 me permet à présent de le voir. Je suis sous l' emprise d'une vive émotion. Il joue avec des objets en bois et semble calme, ses mouvements sont très lents, il est tourné vers la fenêtre, de sorte que je ne vois que son dos. J'ai l'impression qu'il a grandi, pourtant ,ça fait seulement quelques mois que je ne l'ai pas vu.
Je tourne sans bruit la poignée de la porte, et entre.

Mais ma venue ne passe pas inaperçue, il jette à grand bruit ses jouets et va immédiatement se cacher dans l'armoire, il ne parle pas, j'entends un reniflement comme s'il pleure. Je me mets alors à genoux à côté de la porte derrière laquelle il se trouve et je lui dis :
- « mon ange, c'est Mme étoile je veux qu'on partage de nouveau tes secrets, que tu m'écrives chaque jour. Tes lettres me manquent, le son de ta voix, ton sourire... »
- « Va t'en je veux plus te voir ! »

Mes craintes étaient bien fondées. Il va être difficile de reconquérir son cœur, pourtant, à cet instant, je me sens prête à me battre pour cela, je pars en laissant un mot sur son lit :
- « je t'aime à la folie, et ne pourrais pas vivre sans toi ».

Je suis tout de même déçue de son comportement. Que me reproche-t-il vraiment ? Je retourne voir le médecin :
- « C'est de nouveau moi ! »
- « Vous avez l'air triste ? »
- « il m'a rejetée »
- « allez vous reposer, nous verrons ce que nous pourrons faire les jours prochains »

Je lui laisse ma carte avec mes coordonnées et retourne à l'accueil, car il me faut maintenant trouver un hôtel :
- « Excusez moi auriez vous un annuaire page

jaune à me prêter s'il vous plaît ? »
- « Oui bien sûr, tenez. »

Je trouve plusieurs numéros d'hôtel, et les appelle un par un. Je retiens l'hôtel de Survine qui peut m'accueillir sans problème. Je réserve alors une chambre-lit simple, accès internet illimité.

Avant d'y aller, je vais à l'église pour faire un vœu.

20h12 : j'arrive devant l' hôtel qui de l'extérieur donne l'impression d'une grande maison familiale. Sa construction est en pierres, le toit en chaume et les volets vernis ornant tous les murs donnent à l'ensemble un résultat magnifique. Des plantes grimpantes complètent la décoration et une fumée grise sort de la cheminée.

- « Bonjour, j'ai réservé une chambre au nom de Guérin il y a environ 2 heures »
- « Bonjour, oui c'est exact, suivez-moi je vous y conduis. »
- « merci »

Elle m' amène devant la chambre 38.
- « Bienvenue, dans ce petit hôtel convivial et charmant. Vous préférez le plateau dans votre chambre ou bien en salle ? »
- « Dans ma chambre s'il vous plaît, merci »

La chambre est beaucoup plus petite que celle que j'avais eue en Allemagne, mais à peine rentrée, un sentiment de bien-être m'envahit. Il y a un lit laqué noir et blanc. Une télévision écran plat HD, une porte-fenêtre donnant sur un balcon avec vue sur une forêt. Ils ont même pensé à tout ! Pour que leurs clients oublient leur solitude, ils ont rajouté un poisson rouge, avec de gros yeux globuleux « comme la pub mini BN ». Après la visite complète de ma chambre, je réfléchis aux choses que je pourrais faire demain.

L'alarme de mon réveil que j'ai oublié de déprogrammer sonne à 6 heures du matin. Dommage, moi qui voulais faire « grasse mat.. ». Je n'arrive pas à me rendormir. Je décide d'allumer la télé, je n'arrête pas de zapper et je tombe sur la chaîne M6 avec au programme, un reportage sur l'autisme. Je prends le temps de le regarder, car cette émission m'intéresse beaucoup. En effet, ce n'est pas tout à fait la même maladie que celle de Clément, mais il y a des similitudes. En fait, je voudrais tellement le comprendre et l'aider que je cherche toutes informations qui pourraient être utiles.Grâce à ce genre d'émission, mon sens de l'analyse peut ainsi être beaucoup plus juste et objectif.
J'ai juste le temps de finir de regarder la télévision qu'une femme faisant partie du personnel de l'hôtel, frappe à la porte pour m'emmener mon plateau du petit déjeuner.
Le temps passe vite, et en fin de matinée, je vais à la

messe jusqu'à midi. Quand je rentre dans la cathédrale, il fait presque noir, seules quelques bougies donnent un peu de vie. Plusieurs personnes prient pendant que d'autres attendent sagement sur des bancs.Soudain, le son extraordinaire de l'orgue se fait entendre. La musique est si puissante que j'ai alors l'impression que ma poitrine s'arrache devant cette immensité.C'est la première fois que je ressens pareille chose. Je reste jusqu'à la fin, collée sur un banc.

Après le repas de midi, je retourne au service Asperignon, le médecin Rimèze m'attend depuis un petit moment,aussitôt rentrée dans son bureau, je remarque son air chagriné. Je devine immédiatement que ce qu'il doit m'annoncer n'est pas sans importance :
- « Bonjour, Mme Guérin. Depuis hier soir l'enfant vomit, il n'a énoncé aucun mot, formulé aucune phrase audible. Nous avons l'impression qu'il régresse, que son syndrome a pris de l'ampleur, nous sommes exaspérés. »
- « Dr Rimèze, c'est un enfant qui a besoin de repère, si vous ne l'aidez à se relever il ne le fera pas lui-même. »
- « Hier soir, après votre départ, il ne voulait pas sortir de cette armoire. Nous avons été quatre pour le maîtriser. »
- « Ce n'est pas avec la force qu'on y arrive, mais avec les mots. C'est à vous de l'aider à émettre des sons... »
- « Nous faisons notre possible »
je sens dans ses paroles un désespoir, une

impuissance face à cet enfant en grosse difficulté. Il baisse la tête ne sachant pas quoi ajouter. Je sors de la pièce en claquant la porte d'un grand coup sec. Je lui en veux, car j'ai l'impression dorénavant d'être la seule à pouvoir aider Clément, mais cela est trop lourd à porter sur mes épaules, c'est un rôle beaucoup trop important que je ne peux pas assumer toute seule. Il faut que je retourne voir Clément. Je vais dans sa chambre et lui parle longuement, cherchant à atteindre son cœur, mais rien n'y fait. Il reste prostré devant la fenêtre et ne se retourne pas une seule fois. Encore un échec. En partant, je lui laisse sous la porte un fragment de feuille de chêne dans l'espoir que cela lui rappelle (....) l'importance... de notre rencontre, de nos promenades dans la nature et la nécessité de renouer le lien.

Je suis triste et désenchantée de le laisser dans ce milieu austère. Je me demande maintenant si un jour j'arriverai à le retrouver vraiment pour partager à nouveau des moments sublimes. Je ne veux pourtant pas me faire trop d'illusion, j'ai peur de sombrer encore une fois, j'essaye malgré tout d'espérer... même un tout petit peu. Je me raccroche à cela.

 Je prends ma camionnette, et je pars. Le hasard m'emmène dans un chemin assez féerique et enchanteur. Il est tard, et la nuit tombe, pourtant j'ai une envie irrésistible d'être dans la nature, sûrement inconsciemment pour avoir la douce sensation de revivre les bons moments passés avec Clément. J'entends le bruit des chouettes, un pic épèche qui

inflige des blessures à un vieux chêne à chaque fois qu'il lui donne des coups de bec, les mulots que l'on entend courir sous les feuilles. Je vois des fourmis et des chenilles processionnaires inlassablement au travail sur les arbres et arbustes. Et puis, mon regard se porte sur un petit sapin malingre et plutôt biscornu, qui essaye de trouver sa place parmi cette nature grandiose. Si Clément était un arbre, il aurait pu être celui-là, me dis-je.
J'avance, saute en diagonale d'arbre en arbre, je passe ainsi la soirée à me remémorer chaque instant que je n'oublierai jamais. Et même en supposant que je veuille les faire disparaître de ma mémoire, cela serait totalement impossible. Chaque moment passé à ses côtés était toujours trop court, mais de si grande qualité qu'il suffisait à mon bonheur. Je me nourrissais de chaque instant et étais comblée de joie lorsque je le sentais soudain plus proche de moi. J'ai le sentiment que l'on est tous sur terre dans un but précis. On a, en quelque sorte, une mission. La mienne est de gagner cette épreuve. Évidemment cela ne va pas être de tout repos. Je m'agenouille alors instinctivement devant un arbre, au beau milieu de la forêt, et comme si le tronc représentait l'autel d'une église, je me mets à prier et implore que l'on me donne la force et le courage nécessaire. Lorsqu'enfin je me relève, j'aperçois la lune blanche, c'est la nuit.

VIII

J'ouvre légèrement les yeux et réalise que je suis seule dans un grand lit. Ma chambre d'hôtel me semble vide ce matin, la seule présence est un poisson rouge qui a l'air de s'ennuyer. Je m'assieds au bord du lit et décide aujourd'hui de lui donner un nom. 1h14 minutes et 3 secondes, voilà le temps qu'il va me falloir pour lui trouver le nom qui lui conviendrait le mieux. J'ai choisi Gaspard « normalement c'est Gaspard le léopard, mais au moins ça change. J'aime faire des choses différentes de l'ordinaire. Dans la société actuelle, il faut toujours suivre un sens bien défini. Clément m'a appris l'art d'aller à contresens, en suivant mon raisonnement personnel.

Lassée d'observer la joie de Gaspard heureux de ne plus être anonyme, je décide d'écrire au docteur Rimèze. Je souhaite aujourd'hui, après mûre réflexion, lui dévoiler quelque chose qui me tient à cœur.

Mr Rimèze

Je souhaite aujourd'hui vous dire un de mes plus grands secrets..., je voudrais adopter Clément et j'aimerais solliciter votre aide afin que les démarches soient plus faciles. Je voudrais d'abord m'entretenir

avec l'enfant afin de lui en parler personnellement. Je souhaiterais être seule avec lui.
Cordialement
Mme Guérin   À bientôt

Je l'ai timbrée et postée dans la boîte aux lettres de l'hôpital. Plusieurs jours se passent lorsqu'enfin, je reçois la réponse positive du docteur. Je glisse la lettre dans mon sac à main et fonce vers l'hôpital. Après un court entretien avec le docteur Rimèze, j' arrive devant la porte de la chambre de Clément et regarde à travers la vitre. L'enfant est assis sur son lit et tient le morceau de feuille que je lui avais donné. Je pense à cet instant que mon secret peut lui redonner goût à la vie. Je rentre en frappant légèrement. Clément s'est retourné instantanément vers la fenêtre, il fait semblant de ne pas me voir.
– « Clément, cet éloignement n'était pas voulu. J'aimerais aujourd'hui te parler d'un de mes plus gros secrets. »
Il m'a dit d'une voix douce :
– « oui »
Il m'a parlé ! C'est peu de chose, mais cela montre à l'évidence une ouverture de sa part. Je doute qu'il puisse deviner à cet instant la force et la conviction qu'il vient de me donner pour lui dire la suite.
– « J'aimerais être… Ta maman pour toujours » je n'ai jamais autant bafouillé une phrase de ma vie. Il se retourne brutalement et me regarde fixement. Dans son regard, je lis une joie mêlée d'une grande inquiétude.
Il s'empresse de répondre:

- « pour toujours.. ??."
J'acquiesce d'un signe de la tête.
Il prend alors l'échantillon de feuille de chêne, le craque en deux parties égales et me tend une moitié, la partie la plus lobée.
Rassurée par son attitude, je lui explique:
- « La procédure va être longue, mais je viendrai dorénavant te voir tous les jours, et chaque jour nous rapprochera un peu plus de notre victoire.
Il hoche la tête, se rapproche de moi, et pose délicatement ses fines lèvres contre ma joue froide et mouillée, il murmure à mon oreille en sanglotant :
- Tout mon début de jeunesse, j'ai manqué d'amour maternel. Aujourd'hui, je me retrouve face à une femme à qui je donne le titre digne d'une mère aimante, avec qui je ressens des sensations qui font de moi un petit garçon comblé par l'amour d'une maman, je ne sais comment te remercier pour tout ce que tu me donnes."
Devant une telle déclaration, l'air me manque, il me faut respirer à grandes gorgées. Je suis comblée.
Lorsqu'enfin, nous arrivons à reprendre nos esprits et à nous détacher l'un de l'autre, je lui suggère :
- "Je te propose de me réécrire chaque jour", il me sourit.
Une infirmière rentre alors, car c'est l'heure de son examen quotidien. Je décide alors de partir.

À mon réveil, je me rends compte de l'urgence de trouver un emploi, car cela est obligatoire pour une adoption. La chance me sourit, car après une demi-heure de recherche sur internet, je trouve un poste de vendeuse dans une boulangerie proche de l'hôpital. Je réponds rapidement à l'annonce :

    bonjour, Monsieur , Madame

Je m'appelle Mélanie, j'ai travaillé anciennement dans un bureau de tabac. Ayant vendu mon fonds de commerce j'aimerais aujourd'hui exercer dans votre petit magasin qui m'a l'air très convivial, avec une ambiance chaleureuse comme vous l' avez précisé.
Je vous laisse mes coordonnées pour plus d'information :
Mélanie Guérin, 02 75 98 36 12
cordialement A bientôt je l'espère

Clément fait des progrès et aujourd'hui, accepte désormais que je lise sa lettre devant lui :
    Mme étoile
j'ai passé deux mois sans te voir, le temps devenait de plus en plus long. L'agitation autour de moi me donnait le bourdon. Je n'ai jamais compris exactement à quoi servait un psychiatre !. Toi tu n'es pas médecin, mais tu me comprends, tu es à l'écoute, tu as le sens de l'analyse. Même en ayant fait des études, ils n'ont pas su m'aider. Leurs diagnostics sont basés sur des choses négatives. À chaque fois qu'il y a un débordement, ils me réprimandent et me regardent de haut, comme si

j'étais un extra-terrestre. Je ne suis peut-être pas "normal", mais je ne suis pas une bête tout de même !!!
clément, chambre 1125

Pour le distraire et le détendre, je lui offre un livre sur les animaux sauvages. Il l'ouvre et se met à lire : "le renard est un animal carnivore. Sa couleur brun roux, peut aller jusqu'au jaune sable.(au cours du texte, je l' accompagne avec le doigt dans le parcours de chacune des ses phrases. Il possède une queue grise, blanche.le bas des pattes tend vers le noir. Les oreilles sont toujours dressées, pointues et triangulaires [...].
Le hérisson aux courtes pattes, muni de piquant qui lui sert de protection contre tout ennemi. Son pelage est brun sombre..."
Il ne s'arrête plus de contempler ce livre, je le laisse donc poursuivre sa lecture, seul.

Le docteur Rimèze m' interpelle avant que je sorte de l'hôpital et me demande de venir dans son bureau pour avoir le résultat de mon entretien avec Clément. Mince, j' ai oublié de lui en parler plus tôt !
 – "Avez-vous parlé à l'enfant ?"
 – "oui je l'ai mis au courant hier"
 – " je vous écoute"
J'explose alors de joie et lui dit :
 – Ça a marché ! Il veut bien que je sois sa mère !! Et en plus, il me parle, il me fait des bisous....
Devant l'attitude grave du docteur, je me ressaisis soudain, et me cale au fond de ma chaise comme un

enfant qui vient de faire une bêtise.
Il répond :
- Du calme, du calme. Tout d'abord, il va vous falloir de la patience et de la persévérance. La première étape c'est de demander un agrément auprès du conseil général dans la zone dans laquelle vous vous trouvez. Vous serez convoquée ensuite pour une réunion d'information plusieurs mois après. La deuxième étape sera la confirmation de votre demande de dossier. La troisième c'est la décision du président du conseil général. Si l'agrément est accepté, vous devrez choisir un organisme qui vous aidera. »
- « Et si c'est un refus ? »
- « Je ne connais pas toutes les précisions à ce sujet, c'est quelque chose de très complexe. Pour avoir tous les renseignements, il faudrait aller à l'ASE, un organisme compétent en la matière.
- « Vous pensez que ça va marcher ? »
- « Je ne peux pas répondre à votre question, pas parce que je ne veux pas , mais tout simplement par manque de connaissance et d'expérience. »

Toutes ces paroles viennent de gâcher un peu ma joie, mais ne diminuent en rien l'acharnement et la motivation que j'ai au fond de moi. Évidement, j'ai conscience que cela va être dur, mais avec de l'instance et de l'obstination...., on arrive toujours à quelque chose de favorable.

IX

Le but premier de cette journée est d'écrire la lettre au conseil général. Je me suis munie de mon stylo et d'une feuille vierge.

Madame Guérin
5, place, de l'écureuil
69266 Villeurbanne

Objet : Demande d'agrément en vue d'une adoption

Belgique, le 6 novembre

Monsieur le président du conseil général de Lyon

Je désire adopter un enfant.
C'est donc en vue de l'obtention d'un agrément que je sollicite les services de l'Aide Sociale à l'Enfance de Lyon.

Je me tiens à votre disposition afin de valider toutes les étapes nécessaires à l'aboutissement de mon projet.
En vous remerciant, veuillez agréer, Monsieur le Président, mes salutations les plus distinguées.

Mme Guérin

L'agrément rédigé, il ne me reste plus qu'à l'envoyer et attendre une réponse.
Pour m'aérer l'esprit, je sors ensuite dans un bar plutôt coquet. De ma camionnette, je distingue la porte d'entrée, style western,c'est comme dans Lucky Luke. À l'intérieur des chaises hautes dotées d'un cousin rouge brillant.
En arrivant, je demande au serveur qui a l'allure du père Noël de me servir un Fanta.
La clope au bec il me demande :
- « avec ou sans glaçon ? »
- « sans »

Cinq minutes après mon arrivée, une femme s'approche de moi et me dit:
- « que faites-vous ici, dans cet endroit isolé et loin de tout. Seules les personnes du coin connaissent ce bar ? »
- J'habite non loin d'ici, j'avais besoin d'un moment de tranquillité. Un milieu différent de celui dans lequel je vis actuellement. »
- « La tranquillité, vous avez des enfants ? »
- « non »
- « Un mari peut-être ? »
- « non »
- « Alors à votre âge, sans enfant et sans compagnon, on n'a pas besoin de cela. »
Ses paroles m'agacent, je lui rétorque :
- « Si, pour supporter la société dans laquelle nous sommes ! laissez-moi tranquille avant que je vous massacre. »

Je suis à bout de nerfs ! Quand la demande d'agrément sera envoyée, il ne me restera plus qu'à attendre une réponse en veillant sur ma boîte aux lettres.

Vexée par mon attitude agressive, elle finit par s'en aller. Je la regarde partir soulagée. Ses cheveux coupés au carré avec une frange bien droite tombent sur ses yeux marrons délavés.je me rends compte alors à quel point elle est négligée. Je regarde tout autour de moi. J'ai comme l'impression d'être dans un café de bras cassés, la femme de ménage tremble beaucoup, comme si elle avait la maladie de Parkinson. Le serveur fume comme un pompier, on se demande presque comment il peut être encore en vie. En dix minutes, il a fumé onze clopes. À droite, les alcoolos.... bref, il faut que je parte vite avant que ma santé soit en péril...

Sur le chemin du retour, je croise une femme au teint pâle, aux cheveux lisses bien entretenus, avec un maquillage mis avec minutie, et parée de vêtements élégants, dignes d'une femme distinguée. Quel contraste !
Elle doit sûrement venir d'ailleurs, vivre bien loin de ce bar...
Je reprends la conduite vers l'hôtel, lorsque soudain, un autre véhicule percute violemment l'arrière de ma camionnette. Je perds connaissance.

Les pompiers arrivent sur les lieux (suite à l'appel d'un routier) et m'amènent dans l'hôpital le plus proche pour subir des soins d'urgence.

Je vais rester un mois et quinze jours dans le coma (je savais déjà ce que c'était à travers ce que ma mère avait vécu, mais je me suis fait ma propre idée en le vivant vraiment. C'est une expérience bizarre, on est plongé dans un grand sommeil léger, où l' on entend tout ce qui se passe autour de nous, chaque parole des médecins. Je vais prendre inconsciemment du recul, sur ce qui se passe dans ma vie. Curieusement, durant cette période obscure, je vois Clément voyager, comme dans un livre magique. Rien ne peut m'atteindre, sauf Dieu que je vois au fond d'un tunnel éclairé par une lumière blanche. J'ai des sensations étranges, je me sens comme une poussière légère qui survole le monde ... j'ai l'impression d'avoir un esprit vivant qui se sépare d'un corps inerte et qui pourtant ne cesse de grandir et d'évoluer.j'ai baigné un peu plus d'un mois dans cet univers, et puis, me revoilà parmi le monde des vivants ! je commence à rouvrir les yeux doucement, j'ai comme la sensation d'être pour la première fois dans ce monde. Toutes les questions que je me suis posées pendant tous ces jours me reviennent instantanément, est-ce que Clément va bien ? Pense t'-il que je l'ai abandonné de nouveau? Que je ne l'aime plus ? ... Je n'attends qu'une seule chose : le retrouver, le serrer fort contre ma poitrine, lui apprendre des choses chaque jour comme une maman digne de ce nom. Mon envie est grandissante de jour en jour, je veux voir son sourire, entendre le son de sa voix...Je l'aime.
Lorsqu' enfin j'ai l'autorisation de quitter les lieux, je retourne voir Clément et je suis immédiatement

rassurée,car le médecin lui avait déjà parlé de ma mésaventure grâce aux informations régionales qui avaient diffusé l'accident.
Je demande une faveur au Dr Rimèze :
- « puis-je amener clément pour les préparations de Noël ?.
Il accepte à une seule condition :
- « oui, si vous promettez de faire cela en Belgique.»
Évidemment j'adhère à sa décision et signe un cahier pour engager ma responsabilité. Je vais voir l'enfant et lui dis :
- « prépare tes affaires, tu vas venir avec moi pour Noël.»
Avec précipitation il prend rapidement sa valise, je lis dans ses yeux une joie intense, il empoigne ma main violemment pour me faire comprendre qu'il est prêt.
Avant de regagner ma chambre d'hôtel de Survine, je passe à la poste pour déposer mon agrément.
Ravie d'avoir accompli ce geste qui va changer ma vie, je retourne sur mon lieu de repos et demande à l'accueil s'il y a une éventuelle possibilité de changer de chambre afin d'avoir la joie que Clément puisse dormir près de moi.
Il y a tellement de place que la standardiste accepte sans aucune hésitation.
Avant de découvrir le nouveau lieu, je lui demande une petite faveur :
- « Vous allez trouver ça ridicule, mais... est-il possible d'amener le poisson dans ma chambre ?»
- « Oui si vous le voulez, mais pourquoi ?»
- « C'est peut-être absurde dis-je l'air amusé,

mais je me suis attachée à lui, je lui ai même donné un prénom »
elle s'est mise à rire bruyamment.
- « Est-ce donc si drôle ? Dis-je en rougissant» n'ayant aucune réponse de sa part je décide de rire à mon tour pour avoir l'air moins ridicule !
Après avoir repris mes esprits, je prends la valise et la main de clément, la femme de l'accueil nous accompagne jusqu'à nos lits tant attendus après cette longue journée. Une fois seuls, instinctivement Clément s'approche de moi et m'étreint fermement. Dans notre silence Clément tremble comme il le faisait auparavant lors de nos premières rencontres, je comprends alors que la peur s'est à nouveau emparée de lui . Cette crainte que tout cela ne soit qu'un moment éphémère, un rêve. Pour le rassurer je décide de lui parler de l'amour que j'éprouve pour lui, de ces sentiments indestructibles que j'aurai pour toujours. À la fin de mes paroles, et pour confirmation je l'embrasse tendrement. Je sens alors tous les muscles de son corps se relâcher. Clément me semble si fatigué que je décide de le mettre au lit et m'empresse ensuite de transférer toutes mes affaires dans la chambre 65.

Dès les premiers rayons du soleil, Clément sort de son lit et s'installe au bord de celui-ci après avoir allumé la télévision. Le son du dessin animé me tire de mon sommeil. Je m'étire et regarde Clément, qui

semble très absorbé par les images. Je profite de ce petit moment de tranquillité pour procéder à la recherche d'une demeure plus grande, car ce serait une chance supplémentaire pour obtenir l'agrément me dis-je. Les heures défilent et nous sommes tous deux concentrés sur nos occupations respectives.
Soudain un cri animalier émanant de la télé, m'interpelle... j'aperçois alors Clément qui s'agite gaiement avec un large sourire. Il regarde un reportage sur l'élevage des brebis. Une idée me traverse l'esprit :
- « Et si on allait faire une visite à la ferme ? »
- « Chouette, j'aimerais beaucoup ! »
Son attitude ne laisse aucun doute!ma proposition est géniale.
En début d'après-midi, nous allons en direction d'une grande ferme que nous avons au préalable trouvée ensemble sur l'annuaire.
Clément est impatient durant tout le trajet, il s'amuse à tripoter nerveusement le poste radio de la camionnette tant et si bien qu'il me casse le dernier bouton. Comprenant son attitude, il m'est toutefois impossible de le réprimander. Nous arrivons enfin à destination, je lui demande de fermer les yeux, le prends par la main et m'avance juste devant le box d'un poney dont le nom est sucre.
- « Tu peux regarder ! »
Clément ouvre ses paupières et s'aperçoit qu'il est face à l'animal qu'il aime le plus, il saisit sa tête avec la plus grande délicatesse et commence à lui parler. En attendant, je pars à la recherche de l'éleveur et finis par le trouver dans son bureau. Je rentre et lui demande gentiment

- « Bonjour Monsieur je suis venue avec mon petit Clément qui est comme vous amoureux de la nature et des animaux. Puis-je donc vous demander une faveur ? »
- « Bonjour, je sais ce que vous voulez me dire ma petite dame, il n'y a aucun souci, mais par contre il faudra rester continuellement à côté de lui, car un accident est malheureusement vite arrivé dans ce métier... »
- « Naturellement ! Mais puis-je vous demander autre chose ? »
- « bien sûr »
- « Auriez-vous le temps, d'apprendre certaines notions à Clément ? »
- « Je peux lui consacrer un quart d'heure, ça me ferait plaisir de pouvoir aider votre petit loupiot. »
- « Merci, c'est vraiment gentil de votre part, j'ai oublié de vous préciser quelque chose : c'est un enfant un peu différent des autres et plutôt réservé. »
- « Ne vous en faites pas madame, j'arriverai à apprivoiser votre marmot. »

Nous nous dirigeons tous deux vers Clément, à ma grande surprise la vue de l'éleveur ne semble pas lui plaire, il lâche immédiatement la tête du poney et court se réfugier dans mes bras. Les minutes passent et malgré l'insistance du maître des lieux, Clément reste fermé, nous décidons alors de nettoyer les box. Rien n' y fait, il reste absent jusqu'au soir ! Après m'être excusée du comportement de Clément auprès de l'éleveur je décide d'aller faire quelques courses pour lui faire choisir ce qu'il aimerait bien grignoter devant la télé ce soir.

En passant devant les paquets de gâteau, je lui fais une description complète du granola « je me rappelle quand j'étais plus jeune j'avais fait un poème à l'école, sur celui-ci, rond comme la terre, mais plat comme ma main, ce petit gâteau sec.. , j'ai comme l'impression que ce poème est si récent... les quelques courses s'achèvent, notre caddie rempli de cochonneries, avec le sourire aux lèvres, nous partons acheter une pizza pour le souper. Quand j'ouvre la porte de ma chambre, le poisson ravi de notre retour s'agite dans son bocal. Je range mes affaires pendant que clément s'occupe de Gaspard ! Nous essayons ensuite de trouver un film intéressant.
Il est huit heures et quart le téléphone sonne :
- « oui allô »
- « Bonjour, excusez-moi de vous déranger, mais je voudrais prendre de vos nouvelles, je suis la femme avec laquelle vous avez eu un accident. C'est l'hôpital qui m'a donné votre numéro »
- « Bonjour, merci c'est gentil. Et bien je vais bien et vous ? »
- « Je me porte bien aussi. Est-ce que ça vous dirait qu'on aille faire les achats de Noël ensemble pour mieux se connaître ? »
- « oui, ça me ferait énormément plaisir »
- « Où voulez-vous qu'on se retrouve ? Et quand ? »
- « Demain devant le stade, à 10 h ? »
- « OK sans problème. Je vous souhaite une

agréable soirée et je vous dis à demain matin, au revoir. »
- « Merci bonne soirée à vous à demain. »

Je raccroche touchée par cet appel, il est en effet rare qu'une personne ayant provoqué un accident se soucie de la santé de la tierce personne. L'idée de la revoir me fait plaisir, car, lors de l'accident, cette femme m'avait semblé extrêmement sympathique.

Nous poursuivons cette petite soirée en nous régalant de notre repas. Rassasiés, nous regardons un film j'en profite pour lui faire plein de bisous et de câlins. Clément n'oppose aucune résistance, je le retrouve enfin serein.

Le réveil sonne une heure avant le rendez-vous programmé.Je me lève en toute hâte, car je ne voudrais surtout pas être en retard !
J'explique rapidement à Clément que je dois passer la commande des jouets au père noël aujourd'hui avec une amie. Le regard de Clément s'illumine. Que peut représenter cette fête pour lui ? je n'ose l'interroger de peur de raviver en lui certaines douleurs. Sur le parking, au loin, je vois la voiture de cette femme toujours aussi élégante. Cette fois-ci elle est accompagnée de sa fille.
- « Bonjour, ravie de vous voir en pleine forme. J'ai oublié de me présenter hier, je m'appelle Claudine et voici ma fille Mélissa. »
- « Bonjour, c'est un plaisir de vous revoir, moi c'est Mélanie et le jeune homme ici présent se nomme clément. »

- « On y va ? »

Claudine décide de nous emmener
Elle tourne sa tête vers moi et me dit :
- « ça vous dit qu'on laisse les deux marmots à mon mari et qu'on aille faire les courses entre femmes ? »
- « Pensez-vous que ce soit une bonne idée, car Clément n'est pas tout à fait un garçon comme les autres ? dis-je inquiète. »

Elle me répond:
- « ne vous inquiétez pas, mon mari est pédiatre, il a l'habitude des enfants ayant certains troubles psychologiques. »

D'un air rassuré je lui réponds :
- « d'accord, merci c'est aimable à vous. »
- « De rien, c'est avec grand plaisir. »

Nous faisons donc un détour jusqu'à chez elle. En attendant qu'elle amène les enfants dans la maison, j'admire cette fabuleuse demeure. C'est un chalet admirablement bien entretenu avec trois lutins dans le jardin ainsi que des pots de fleurs accrochés aux garde-fous des fenêtres. Elle habite dans un petit hameau nommer Richarnière.

Quelques instants plus tard, elle revient vers moi et me dit:
- « ils sont adorables tous les deux. »

Nous retournons dans la voiture et c'est alors que la neige se met à tomber. Au fur et à mesure que nous avançons, celle-ci commence à recouvrir tous les champs alentour. Quand nous arrivons, je demande

à Claudine de s'arrêter devant un magasin de multimédia, car j'ai en tête d'acheter une tablette tactile, cela tombe bien, car elle aussi souhaite s'offrir une télévision pour sa chambre.
On poursuit nos achats dans divers magasins.... c'est la première fois que je fais une journée shopping, c'est pour moi une grande réussite. Cette femme est si charmante, pleine d'humour....elle me raconte aussi l'essentiel de sa vie, des anecdotes..., je l'apprécie beaucoup !
Le soir venu, elle me demande si je souhaite me joindre à eux pour souper. J'accepte avec joie, car cette journée a été tellement agréable que je ne peux me priver d'une telle invitation.
Elle me présente son mari qui s'appelle Louis. C'est un bel homme blond aux yeux bleus clair. Il porte sur lui un pull en laine, et un pantalon bleu marine.
Quand il me serre la main, je remarque ses longs doigts semblables à ceux d'un pianiste.
Claudine appelle alors les enfants, ils dévalent bruyamment les escaliers, je découvre avec satisfaction mon Clément rayonnant tenant la main de Loann leur garçon de treize ans. Alerté par ce vacarme Bouboule le bouledogue court vers moi les babines ruisselantes de bave, je fais un bond en arrière de peur qu'il se frotte contre moi. Claudine ayant vu ma détresse éclate de rire !
Le repas est prêt , au menu , des lasagnes et une salade de fruits en dessert. Nous nous asseyons autour d'une table ronde en bois. Il n'y a aucun bavardage, tout le monde mange avec avidité et apprécie sont plat comme si c'était le dernier. À chaque bouchée je lève la tête dans l'espoir que

quelqu'un prenne enfin la parole ! Moi qui suis très bavarde, cela est un effort surhumain de ne rien dire, ma langue n'arrête pas de gigoter dans tous les sens...je profite donc de ce moment pour m'émerveiller devant Clément.le sentir heureux me comble de joie. Comme j'aimerais que cet instant soit éternel.son regard vient soudain croiser le mien. Je viens de lire tant de bonheur dans ses yeux, que je sens au fond de moi les larmes monter Claudine me sauve in extremis en criant :
- « et voilà la salade de fruits que j'ai faite avec amour »

je reprends mes esprits et espère que le moment du dessert va enfin être animé. Malheureusement tout le monde s'occupe de nouveau de son plat sans se préoccuper des autres autour.... finalement je n'ai pas d'autres choix que de me taire. Je continue donc à regarder Clément jusqu'à la fin du repas.
Tout le monde se lève enfin et donne un coup de main pour ranger la table.

Aujourd'hui c'est la veille de Noël, nous passons la journée à préparer la fête de demain.
Création de bougies, mise en forme de la crèche, on va dans la forêt chercher un sapin que l'on décore de deux couleurs Clément a choisi l'orange et le vert.
On fait également de la pâtisserie en écoutant des chants de Noël.
Nous animons toute sa chambre par des guirlandes électriques.
Clément fait des dessins sur les vitres avec des pochoirs.

Cette journée passe finalement très vite !!!
Le soir, nous mangeons des huîtres, Clément fait la grimace ! Car il n'aime pas. Cela n'est pas bien grave, car il se rattrape vite sur le saumon fumé et les coquilles Saint-Jacques.
Au moment de se coucher Clément semble inquiet, m'attrape par le cou et me demande :
- « dis t'es sûr que le père Noël va passer ? »
   - « Oui j'en suis certaine ! Dis-je d'une voix rassurante. Mais pour cela il faut que tu t'endormes vite.»
Mes paroles ont l'air suffisantes. Il se blottit au fond de son lit, j'éteins alors la lumière en lui souhaitant une bonne nuit. Il ne reste plus, qu'à mettre les cadeaux sous le sapin me dis-je. Je décide néanmoins d'attendre un peu, pour être sûre que Clément se soit endormi. Une heure plus tard, il me faut agir !
Le gros problème chez moi, c'est qu'au niveau de la discrétion, je ne suis pas la meilleure. Je prends alors ma lampe de poche pour éviter de réveiller l'enfant et j'essaye de me rappeler où se situe le sapin. Je mets dix minutes environ à le trouver, pourtant on est seulement dans vingt mètres carrés !
Au moment de poser le cadeau, je glisse sur une boule « évidemment ce genre de phénomène n'arrive qu'à moi », je tombe sur les fesses , la douleur fulgurante me donne l'impression d'avoir le côté droit cassé, je n'ai encore pas posé ce fichu cadeau !!! J'ai fait tellement de bruit que l'enfant se réveille en sursaut et m'interpelle en me disant :
   - « Que se passe t-il Mme étoile, j'ai entendu un gros bruit ? »

- « ce n'est rien ne t'inquiète pas »
- « Le père Noël est passé ?»
- « non toujours pas mon chéri, rendors toi vite »

Son réveil m'oblige à attendre à nouveau, je m'affale sur la chaise en soupirant, le paquet d'un côté et de l'autre la lampe de poche qui commence à faiblir ! Lorsqu'enfin j'entends de longues respirations émanant de la chambre, je comprends que celui-ci s'est à nouveau endormi, je pose ce fichu paquet près du sapin et pars me coucher.
Pour tous les enfants, le jour de Noël est un jour magique. Le lever est souvent très matinal .Clément très agité me tire de mon sommeil et court déjà en direction de l'arbre décoré. Je l'entends crier :
- « il est passé, il est passé !»

encore endormi, je lui réponds
- - « mais qui ?»
- « viens vite, viens vite »

Ayant retrouvé mes esprits, je comprends son empressement et le rejoins. Je m'assieds à ses côtés et m'apprête à vivre notre premier Noël ensemble. Il ouvre ses cadeaux. Il commence par le plus gros, c'est un train électrique.Il poursuit par le suivant et découvre un lot d'habits il finit enfin par le plus petit, la fameuse tablette tactile.
Ses trois cadeaux lui font autant plaisir les uns que les autres. Sont visage est éclatant, il ne cesse de prendre ses cadeaux les uns après les autres en criant :
- « merci père noël »

Ses paroles me ravivent le cœur je revis grâce à lui mes souvenirs d'enfance.

Il me dit :
- « Pourquoi c'est la toute première année que le père Noël pense à moi ? »
- « Il n'a jamais cessé de penser à toi mon ange, mais il n'est pas autorisé à rentrer dans un hôpital parce qu'il pourrait attraper une maladie, tu comprends ?»
- « Oui » dit-il d'un air triste !, et il rajoute :
- « c'est quand même dommage, car ce sont les enfants malades qui auraient le plus besoin de cadeaux !»
- « c'est vrai, tu as raison »

Le voyant soudain triste, j'essaye de faire diversion.
- « Et si on mettait des piles dans le train, qu'en penses-tu ? »
- « oh oui »

Après avoir longuement joué avec la locomotive, je lui fais enfiler ses nouveaux vêtements. Tout lui va à merveille.

Il est content d'avoir des vêtements aussi beaux, et sa curiosité se tourne alors vers sa tablette.

L'appareil lui semble compliqué
Les sites, les logiciels, les blogs... tout lui paraît bizarre, il cherche à comprendre chaque fonctionnalité et l'utilité de chaque chose. Je prends le temps de lui expliquer et suis contente de constater l'intérêt qu'il porte, pour l'instant il intègre les usages les plus basiques.
 marche/arrêt, écouter de la musique, télécharger des jeux... mais l'utilité d'internet reste encore très superficielle.

Je passe un long moment à le regarder jouer avec.

Peu avant midi il s'intéresse au traitement de texte, je lui explique alors le principe et pour lui confirmer mes propos, décide d'écrire une phrase :
- « quel est pour toi le but de la vie ? »

Il regarde la phrase longuement, éteint la tablette et va dans la chambre songeur. Je comprends alors que mes paroles l'on touché. Sa réponse je la découvre l'après-midi lorsqu'il me tend une lettre.

Mme étoile

Dans ce message, je vais essayer de répondre à ce que tu m'as demandé : quel est pour moi le but de la vie.
J'aimerais faire passer une grande annonce à tout être existant, celui de l'espoir. Parfois dans la vie on a l'impression d'avoir tout vécu alors que nous vivons dans un monde très vaste où chaque jour, nous pouvons trouver quelque chose de très profond permettant l'épanouissement. Lorsque la chance arrive, il faut la saisir à tout prix. Il faut garder en tête quatre mots : conviction, acharnement, espoir et courage, cela doit conduire à une grande victoire , celle de la découverte du bonheur et de l'amour.
Cela peut fonctionner avec les personnes de tout genre.
Mon deuxième but serait de découvrir et de connaître parfaitement la nature qui est pour moi une source de plaisir immense.
Enfin mon troisième but serait de vivre éternellement avec toi, pour vivre ensemble des choses extraordinaires.

P.-S. J'aimerais que toi aussi tu m'écrives pour

répondre à cette même question.
Bisous, je t'aime ma petite maman étoile
Clément
En lisant sa lettre, je me rends compte de sa maturité et de son amour sincère pour moi et la nature.
Je rédige à mon tour un mot :

Mon Ange

Ton message est à jamais dans ma mémoire, car tu as exprimé des choses très justes et très sincères.
Tu as d'ailleurs un grand jardin fleuri au fond de toi-même que tu cultives chaque jour en lui donnant un aspect charmant.
Ton état d'esprit est celui de quelqu'un qui deviendra une personne extraordinaire. Je te conseille donc de profiter de cette chance-là. Alors moi pour te dire mon but... je dirais que c'est de te faire partager mes expériences, de t'apporter tout mon amour, et d'apprendre ensemble tous les secrets de la nature.
Je t'aime aussi mon petit ange
Ton étoile

Je glisse la lettre dans sa poche et prépare le repas du soir
Avant de manger, je décide de lui faire une surprise.
- « Met ton manteau lui dis-je »
- «où va-t-on ? »
- « Pas loin tu vas voir, ça va te plaire. »
Nous sortons à pied jusqu'à la place du village, l'endroit brille de mille feux, c'est le marché de Noël. Soudain, le père Noël arrive devant nous. Clément

est émerveillé et intimidé à la fois, c'est la première fois qu'il voit le père Noël en vrai. Il y a une centaine de commerçants qui vendent leurs produits artisanaux. Je lui achète une gourmette en argent avec dessus son prénom.
Soudain, Clément éclate de rire
- « qu'est-ce qui te fait autant rire ? »
- « C'est le Monsieur, qui fait des barbes à papa, il a une moustache énorme ! »

Je suis contente de constater que mon petit protégé s'amuse beaucoup et est parfaitement détendu ce soir, ce qui n'est jamais arrivé à un endroit où il y a tant de monde.
La visite terminée j'emmène clément à la messe, il écoute et regarde les gens chanter. Soudain, je reçois un appel du Dr Rimèze, je sors précipitamment afin de pouvoir répondre :
- « bonjour, c'est le Dr Rimèze je voulais vous rappeler que vous devez ramener Clément demain à l'hôpital »
- « oui, je me souviens »
- « OK, bonne soirée à demain »
- « au revoir »

Je retourne auprès de clément, qui semble très absorbé par le discourt du curé. L'église a toujours été pour moi un endroit fort en émotion parce qu'il s'y dégage une atmosphère particulière. Je me rends compte ce soir que Clément y est aussi sensible que moi !
Au moment où l'orgue se remet à jouer annonçant un nouveau chant, je prends la main de Clément. Une femme s'avance et chante l'Ave Maria, Clément se tourne alors vers moi, il connaît la chanson et me

la fredonne en choeur. Que c'est beau me dis-je ! C'est la fin de la messe tous les gens sortent bruyamment, Clément me tire par le bras et m'emmène jusqu'à l'autel, il me dit alors doucement :
- « je suis bien ici, pourras-tu m'expliquer, qui est le monsieur sur la croix ? »
- « Oui, je te le promets ! »

L'église est vide, pleine de silence, après un long moment nous sortons.

Je me réveille tout en douceur, quand j'entends pleurer Clément dans la salle de bain. J'essaye d'ouvrir la porte, mais elle est fermée à clé. Inquiète je lui demande ce qu'il y a : « Je ne veux pas retourner à l'hôpital !» dit-il en sanglotant. Je lui explique, que nous n'avons pas le choix, mais que cela est provisoire. Rien n'y fait, il est inconsolable ! Nous sommes restés une heure dos à dos contre la porte chacun de notre côté. Chaque parole que j'ajoute amplifie son chagrin. Je ne trouve plus les mots et finis par me taire. Vivre cela le lendemain de Noël me semble aussi injuste que lui ! J'entends enfin, le bruit de la clé dans la serrure, Clément est devant moi, le visage défiguré par sa peine et son incompréhension. Je ne peux hélas le garder plus longtemps

j'ai malgré moi signé une décharge qui m'oblige à le ramener. Arrivé à l'hôpital, Clément est amené dans une nouvelle chambre. La vue de mon garçon en ce lieu, m'est insupportable. Je passe la journée entière à le prendre dans mes bras, à le réconforter, à lui expliquer que cela n'est que pour quelques jours. Je mens, mais comment faire autrement ? Comment lui faire accepter cette nouvelle séparation ?!

Avant de le ramener, nous avons pris une photo de nous deux.je pose ce cliché près de son lit, et lui dit :
- « tu vois, je vais partir pourtant je suis encore auprès de toi.»

L'air absent, il s'est assis et joue doucement avec son petit train. Je comprends alors qu'il est temps pour moi de partir.

Deux mois se sont écoulés.

Je commence tout juste à faire mon déménagement en Belgique. J'ai vendu ma maison et j'ai perçu une assez bonne somme pour pouvoir en racheter une bien moins cher et pourtant beaucoup mieux.

En début d'après-midi, n'ayant pas encore fait mon changement d'adresse, je vais chercher mon courrier au bureau de poste.
- « Bonjour, est qu'il y a du courrier au nom de Guérin ?»
- « Oui » elle me tend la lettre.
- « merci au revoir »

Je me précipite pour l'ouvrir ayant remarqué qu'elle provient du conseil général. Je comprends alors qu'il s'agit de la réponse à ma demande d'adoption.

Madame,
Nous sommes au regret de vous informer...
Je comprends immédiatement le caractère négatif de la lettre.Les forces m'abandonnent, je tombe au sol, le choc est trop violent.
À cet instant, Claudine m'appelle :

- « allô, c'est Claudine alors comment vas-tu, plus de nouvelles depuis quelques jours ? »
D'une voix sourde et tremblante, je lui réponds :
- « je suis en train de me désagréger, plus les minutes passent et plus je dépéris sur place.»
- « Oh qu'est-ce qui t'arrive ma poulette ?»
- « non rien ne t'en fais pas »
- « T'es où ?»
- « au fond du trou »
- « Hein, qu'est ce que tu dis ? Il faut que je te raconte un truc de malade, tu ne vas pas savoir où te mettre tellement c'est épique.»
- « Non, pas aujourd'hui on se rappelle ?»
- «OK, bon, bisous je te retéléphonerai demain, à plus »
- « oui, ne t'inquiète pas »

C'est vrai qu'elle est drôle cette Claudine, mais je suis tellement désespérée, qu'il me serait impossible d'écouter et rire de ses propos. Je suis toujours dans la poste quand un homme, son courrier à la main m'aborde :
- « Madame, ça va ? Vous voulez que je vous aide a vous relever ? »
- « Ne vous inquiétez pas je me suis tordu la cheville, et j'ai du mal à me remettre debout. »

Il m'aide aimablement. Reprenant mes esprits, je remarque qu' il est tellement beau que je pourrais tomber une deuxième fois. J'ai comme la sensation d'avoir des papillonnements dans le ventre, j'essaye de rester naturelle, mais un trouble m'envahit m'empêchant de l'être, j'aimerais tant à cet instant lui

plaire.
J'aimerais lui proposer un rendez-vous, mais je n'ose pas. Finalement je continue mon chemin, en bafouillant au revoir merci beaucoup. Après réflexion, je me rends compte qu'il y a des choses beaucoup plus importantes et urgentes à traiter. Il me faut rapidement trouver une solution pour Clément et moi.
Je repense pourtant à cet homme, l'émotion que j'ai éprouvée en le voyant me donne le courage d'avancer et de me battre. Je rentre dans ma maison pleine de cartons, j'enjambe chacune de ces boîtes. Il me faut les rouvrir pour trouver ce foutu annuaire.
Lorsque je mets enfin la main dessus, je fais la liste suivante de tous les avocats qui pourraient m'apporter une aide :
— Mr lambert Paul, Mme Rossignol Émilie et Mr blanc Oscar, c'est tous des arnaqueurs me dis-je, le troisième lui a des prix convenables.
Je l'appelle et cale un rendez-vous le 28 février en fin de matinée.
Aujourd'hui je ne me sens pas capable d'aller voir l'enfant, je reste pourtant accablée par cette décision qui me semble injuste et qui m'a beaucoup affaiblie. C'est vrai qu'il me manque énormément, mais ne pouvant lui apporter de la joie et du réconfort, j'ai trouvé inopportun de lui rendre visite jusqu'à ce jour. Je ne veux pas que cette décision l'affecte, je vais me battre jusqu'à pouvoir lui annoncer une bonne nouvelle.

X

À huit heures, je reçois un appel :
- « Bonjour, l'école de cours à distance, votre enfant Clément a passé un test il y a un mois, vous vous souvenez ? »
- « oui bien sûr »
- « nous allons vous envoyer à votre adresse le dossier d'inscription pour qu'il puisse rapidement intégrer sa classe »
- « Super !!! donc j'habite au 12 rue docteur jean Michelin en Belgique.»
- « au revoir madame »

Je suis heureuse, tout doucement j'espère que grâce à cette bonne nouvelle, il reprendra vie rapidement.Qu' il sera moins parqué dans sont univers et enfermé dans son cocon et qu'il deviendra plus sociable. Je sais que le syndrome restera à vie, mais qu'on peut nettement l'atténuer. En l'espace de 7 mois,il a déjà fait d'énormes progrès.

Ce soir, je me retrouve seule dans ma nouvelle maison. Je consulte mes mails, et suis attirée par l'un d'eux c'est une demande de contrat. Je fais immédiatement un double clic pour lire le contenu jusqu'au moindre détail.

Je découvre une offre d'embauche, il s'agit d'un CDD à l'essai de 6 mois, avec à la clé un CDI pour

travailler dans une garderie.
Je réponds à la demande dans l'espoir d'être prise. Tout cela me redonne du courage et de l'optimisme, car pour une adoption plusieurs choses sont requises : une maison, un travail, il ne manquerait finalement que le compagnon me dis-je.
Aujourd'hui j'ai rendez-vous avec l'avocat, j'ai donc mis ma plus belle tenue, je veux bien présenter, c'est quelque chose de très important.
Avant d'entrer dans son bureau, je me répète la phrase suivante :
« je suis optimiste, je reste optimiste, je resterai optimiste »

- « Bonjour Mme Guérin »
- « Bonjour, maître »

Je le reconnais immédiatement, c'est le bel homme qui m'avait aidée au bureau de poste, quelle coïncidence !Je suis contente de le revoir pourtant la situation me met mal à l'aise. Je tremble et cligne des yeux sans cesse ne sachant quoi faire de mes mains, je tripote plusieurs perles se trouvant sur mon pull.
Il me reconnaît aussi et semble amusé :
- « Et voilà comme on se retrouve. Il y a deux jours c'était pour une cheville tordue et aujourd'hui pour un dossier d'adoption. »
- « Oui c'est vrai. Parfois, la vie est bizarrement faite. »
- « Oui, alors j'ai traité votre dossier effectivement, mais hélas beaucoup de choses sont en votre défaveur »

Il n'a pas le temps de finir que je l'interromps:

- « je sais, mais il y a eu des changements : j'ai presque trouvé un travail, et je viens d'emménager dans une grande maison... »
- « Ah déjà, c'est beaucoup mieux pour le dossier , nous pourrons nous en servir comme arguments. Mais quel dommage, il ne vous manque plus qu'un compagnon... »
- « J'ai vu sur certains forums, que certaines femmes ont réussi à adopter sans avoir de compagnon. »
- « Oui, mais vous êtes une si belle femme que pour vous, il est obligatoire, la loi l'exige... HAHAHAH non c'est malheureusement une blague!!!. »

Sa voix grave m'impressionne un peu et son rire est peu commun. J'apprécie curieusement son forme d'humour qui ressemble à la mienne d'ailleurs.

- « Oui, et je suis censée répondre quoi à ça. »
- « Eh bien, j'accepte votre rendez-vous tout simplement. »
- « Vous êtes rapide, mais pour le dossier pensez-vous procéder d'une manière aussi efficace ? »
- « On verra après le verre ? Qu'en pensez-vous ? »

Au fond de moi j'ai une envie folle d'accepter, il est à croquer par sa beauté comme un Brad Pitt, mais en chair et en os cette fois.

- « Si, c'est, pour parler boulot j'accepte. »
- « Je pratique mon travail toujours avec beaucoup de professionnalisme. »

- « Bien sûr HAHAH, vous abordez toujours d'une telle manière les clients ou est-ce réservé aux privilégiés?... D'ailleurs est-ce un privilège...? »
- « Je crois de toute évidence être plus sensible à certaines personnes qu'à d'autres et vous en faites de toute évidence partie. »
- « Vous sensible ?? »
- « Eh oui !!! »
- « Qu'est-ce qu'il ne faut pas entendre ! »
- « Vous verrez bien à l'avenir, mon comportement vous le dira. »
- « je ne demande qu'à voir alors »

Je suis tombée sous le charme de cet homme, un vrai coup de foudre.
Il m'emmène dans sa belle voiture, le bar n'est qu'à quelques kilomètres de son bureau. Installés à l'intérieur, nous prolongeons notre conversation près d'une heure. Je reconnais qu'il agit en vrai professionnel, car nous ne parlons que du dossier. Il parle avec une assurance très réconfortante. Au moment de sortir, il me saisit par la hanche et m'emmène dans la pièce « change bébé, » ce n'est pas très glamour, mais malgré tout plutôt innovant. Il me plaque contre un mur, éteint la lumière. Il me prend l'arrière de la tête et m'embrasse d'un coup sec, ses mains descendent jusque sur mes fesses. Et me dit d'une voix douce :
- « je suis fou amoureux de toi, reste avec moi. Sentir ta présence fait chavirer mon cœur »
c'est réciproque, mais je n'arrive pas à le lui dire... je

pense qu'il s'en doute. Il a commencé à me déshabiller sur la table à langer, je lui dis :
— « non, pas maintenant »
Sa précipitation me fait reprendre conscience, c'est trop rapide et l'endroit est mal choisi pour une première fois me dis-je... j'ai l'impression d'être dans un rêve chimérique, d'être à nouveau adolescente.
Je lui dis :
— « Clément m'attend, je dois m'en aller et puis, il ne passera jamais avant quelqu'un d'autre, je suis désolée ! »
— « c'est un enfant, nous c'est différent ne confonds pas tout »
— « Je ne confonds pas tout, je suis seulement réaliste, je ne veux rien tenter qui puisse nuire à son bonheur ! je veux être sa mère tu comprends cela, sa mère... laisse-moi au moins avoir cette chance-là. Je veux qu'on me laisse vivre chaque moment avec lui. À cause de toutes ces lois, il est déjà difficile d'espérer être ensemble pour toujours. Je te prie de me lâcher s'il te plaît. Sentir contre moi la présence d'un homme me donne l'impression de mettre Clément à l'écart, c'est insupportable ! Je suis désolée »
— « Ce n'est pas une excuse valable, s'éloigner ne diminuera en rien l'amour que l'on éprouve l'un pour l'autre ! Ne rejette pas la faute sur les personnes qui te veulent du bien, ignore ceux qui te veulent du mal »
— « Aujourd'hui il n'y a qu'avec Clément que je me sens bien, car je sais au fond de moi que

cela sera éternel.»
- « Tu parles comme s'il était la seule personne capable de te donner de l'amour. Apprends à regarder autour de toi après, on verra !»

Après ces mots, et ne pouvant retenir sa colère et sa déception, il quitte la pièce en claquant la porte. Je regrette la dureté de mes propos, mais je voulais être honnête avec lui. Je ne suis tout simplement pas prête à m'engager dans une relation durable. J'espère malgré tout avoir la possibilité de le revoir. Blessée dans mon cœur, j'ai un besoin irrésistible d'aller rejoindre Clément. Cette fois-ci j'arrive auprès de lui en courant. Je constate avec joie qu'il m'attend depuis un long moment. D'habitude dans la nature des choses c'est la maman qui doit réconforter ou adoucir une peine, mais pour l'heure c'est l'inverse qui se produit. Avec sa voix d'enfant, il me dit :
- « Certaines fois les adultes ont aussi de la peine. Aujourd'hui je suis heureux de pouvoir t'apporter un réconfort, comme tu sais si bien le faire.»
- « C'est gentil, mais un enfant n'a pas à porter sur ses épaules la souffrance d'un adulte.»
- « oui moi aussi je te comprends et je veux t'aider »
- « Comme c'est gentil »

J'ai du mal à croire que c'est paroles viennent directement de lui , voyant la beauté de son geste. Personne n'a agi comme cela envers moi auparavant.
Pour s'occuper jusqu'au soir, on se met face à la

fenêtre, et l'on décide d'inventer un jeu. À chaque fois que l'on entend un oiseau ou qu'on en voit passer un, il suffit simplement de donner son nom, et vérifier ensuite dans le dictionnaire des oiseaux pour être sûr. Le soleil s'irise de mille couleurs du jaune, de l'orange, du rouge, du violet puis du rose. Il me dit :
- « c'est presque toutes les couleurs de l'arc-en-ciel. »
- « Tout à fait, tu as raison »

En pointant mon doigt contre la vitre, je lui montre une cigogne qui vole au loin dans le ciel. Tout finit par disparaître avec le noir de la nuit.

Je suis encore avec clément pour l'aider a s'endormir, il a posé sa tête sur ma cuisse, je lui caresse les cheveux en lui disant une multitude de choses et en lui racontant l'histoire de Tarzan. Il a fini par fermer les yeux, je reste un moment à son chevet, je ne me lasse pas de contempler son beau visage aux traits apaisés par le sommeil. J'ai tellement besoin de passer du temps avec lui que je me résous à partir deux heures plus tard. Quand j'arrive devant chez moi, je suis très surprise de voir Oscar devant ma porte. Curieusement, son insistance me touche. Je ne peux lui refuser d'entrer chez moi. Je lui offre malgré tout un verre. Il parle beaucoup, j'ai pourtant énormément de mal à me concentrer sur ces paroles. Il finit enfin par se taire. Après quelques minutes, il s'approche de moi. Prise au dépourvu, je me lève, il se lève également, et m'immobilise contre lui. Je comprends soudain que je l'aime, et l'entraîne dans ma chambre.
Il m'a enlacée en me déshabillant.......... nous avons

passé la nuit ensemble.
Au lever du soleil, quand je me réveille il est en train de se préparer pour partir. Je l'entends souffler et me faire des reproches en me disant que j'étais plutôt absente cette nuit. Ne désirant pas répondre à ses accusations, je lui réponds:
- « tu t'en vas déjà ? »
- « j'ai beaucoup de travail en ce moment, comme je te l'ai dit j'ai un dossier très important aujourd'hui »
- « On se retrouve ce soir ? Chez moi ? »
- « oui »

Avant de m'embrasser, Il met son costume avec sa cravate.

bien. Après son départ et ne sachant comment faire passer le temps je décide de regarder à travers la vitre pour admirer la nature pleine de givre.
Quand soudain le téléphone sonne :

- « Oui allô »
seuls des sanglots sont audibles. Quelques instants plus tard, une voix familière se fait entendre.

- « Mélanie, c'est Claudine je suis dans un engrenage horrible je n'arrive pas à m'en sortir »
- « Qu'est-ce qui t'arrive ça a l'air grave ? »
- « je t'appelle de la prison »,
je fais un bond en arrière

- « QUUOOIII !!!MAIS QU'EST-CE QUI SE PASSE EXPLIQUE MOI !!!?
- « Les flics...... Et….......... »

Elle n'arrive pas à me le dire.

- « Et quoi, Claudine ? »
- « je dois te laisser, mon temps d'appel est terminé, je t'embrasse fort prends soin de toi surtout »
- « Mais.... »

Elle a raccroché ! Devant tant d'interrogation je décide de partir rejoindre Louis son mari, pour tenter d'avoir plus d'explications.

Arrivée devant leur demeure, je frappe à la porte une vingtaine de fois, sans aucune réponse. Je sais pourtant pertinemment qu'il est chez lui, car un bruit léger s'est fait entendre. Je décide d'insister.

La porte s'ouvre enfin, je découvre Louis prostré sur une chaise immobile, les yeux rivés vers une table où des bougies se consument. Il tient dans sa main une rose fanée (cela me fait penser au « carpe diem, » le symbole préféré de ma maman). Il ne parle pas, pourtant un piano égraine une musique mélancolique. Un violon répète certaines phrases et rajoute au morceau une tristesse supplémentaire. Des larmes ruissellent sur les joues de Louis et tombent mollement sur la rose. Comme si de l'eau pouvait redonner la vie à cette fleur déchue. Soudain il relève la tête vers moi, et se lève. Son visage est lourd de tristesse, ses yeux sont cernés. Jamais je ne l'avais vu dans un état pareil, qu'elle est réellement la cause de sa peine ? Il met ses mains sur mes épaules, et me secoue comme pour se

donner la force de parler, mais aucun son ne sort de sa bouche. Mélissa qui vient d'entrer, vient à son secours :
- « Il est dans cet état depuis qu'il a appris, il ne sort plus, ne se nourrit plus, il ne nous parle même plus. J'ai peur Mélanie, peux tu nous aider ?. »
- « Vous aidez, mais qu'est-il arrivé ?!»

« Je t'explique, maman il y a deux jours a passé la soirée avec une copine, quand elle est rentrée à la maison, il était dix huit heures, il faisait presque nuit et là, c'est horrible... »
- « Hein, mais quoi ? »
- « Après un virage, elle n'a pas vu un enfant qui traversait la route et là pafffff elle l'a tué »
- Elle s'est rendue à la police et elle est en prison jusqu'à son jugement. »

À ces mots, Louis hoche la tête gravement en signe d'approbation et s'en va au séjour.

Mélissa m'entraîne dans la cuisine, pour me raconter plus de détails, je lui pose mille questions et elle me répond sans réserve. Nous parlons ensuite de Claudine, de sa gentillesse et des bons plats qu'elle nous a souvent préparés.

Il est tard et je décide de rentrer, après l'avoir remerciée pour sa confiance et après avoir enlacé Louis du mieux que j'ai pu.

Je pars, en leur promettant de revenir vite.

Cette histoire n'a pas eu un effet très positif sur moi, car je n'ai même pas eu le courage de m'occuper de mon dossier. Tous les jours, je prends le car pour

aller voir la petite famille meurtrie de Claudine le matin et Clément l'après-midi. Je passe toutes mes soirées avec lui. Hier, je lui avais demandé ce qu'il aime manger, ce qu'il envisage de faire, ce soir il me répond :
- « je veux être avec toi Mme étoile, je t'aime tellement qu'a chaque fois que tu pars cela me rend triste. »
- « Moi aussi mon ange je ne pense qu'a toi, j'essaye de me raccrocher à ce que nous allons vivre dans un futur très proche. »

Il s'approche de mon oreille et me dit :
- « parfois je suis quelqu'un d'autre, mon comportement est différent, mais je suis toujours la même personne au fond, je t'aime toujours autant et je ne cesserai de t'aimer. »
- « Je t'aime mon ange... » je me suis mise à pleurer
- « n
- Ne pleure pas ma petite maman »

nous restons un long moment dans les bras l'un de l'autre, je n'arrive plus à me défaire de lui, à chaque fois que je pars c'est un déchirement. Il me faut trouver un moyen de le sortir d'ici momentanément. Je demande au Dr Rimèze d'emmener Clément à l'église, l'endroit qu'il a tant apprécié. Le docteur ne s'y oppose pas.

Quand nous arrivons, je lui dis :
- « nous ne sommes pas là par hasard, je veux te montrer quelque chose. »

il s'assoit sagement sur un banc face à l'orgue et je me mets à jouer une musique qui exprime ce que je suis incapable de lui dire. Je joue ce soir avec tout

mon cœur, il le remarque et vient alors vers moi. Il pose ses doigts fins contre les miens pour ressentir toute l'émotion que j'essaye de lui traduire. J'ai la sensation de vivre un vrai moment de complicité. Après cet instant musical, on s'assoit sur un banc et on imagine notre vie ensemble, tous nos projets d'avenir.
- « Je ne veux pas que tu m'abandonnes... »
- « Ça n'arrivera pas, ne t'en fais pas mon ange... »
- « Je te remercie pour cette interprétation majestueuse. »
- « Tu n'as pas à me remercier, j'ai simplement exprimé par des notes tout ce que je n'ai jamais réussi à te dire.»

Je prends sa main et je la pose sur mon cœur. Nous retournons à l'hôpital, avant que je parte le Dr Rimèze m'interpelle :
- « Mme Guérin, Clément pleure chaque fois que vous partez, c'est un déchirement pour lui.»
- « J'en suis consciente c'est un déchirement pour moi aussi, mais j'attends désespérément une réponse positive pour que Clément vive enfin avec moi.. »
- « Je comprends, et suis de tout cœur avec vous.»
- « merci »

En reprenant le bus, je ne peux détacher mon regard de l'hôpital. Lorsque celui-ci disparaît totalement, je regarde alors le ciel étoilé et, soufflant sur ma main, envoie un message à mon amour :

- « Madame étoile, pour toi et pour toujours. »

XI

    Oscar, toujours très occupé par son travail, n'a pas pu venir la veille, il est donc arrivé ce matin pour me consoler. Lors de notre dernière conversation téléphonique, je n'ai pu cacher ma tristesse. Le temps passe et la décision tarde à venir. Un peu plus tard, Louis le mari de Claudine, est venu sonner chez moi :
— « oui bonjour »
- « Bonjour, excusez-moi de vous déranger, mais serait-il possible de vous confier la garde de mes enfants aujourd'hui ?»
- « Bien sûr, partez en toute tranquillité il sont entre de bonnes mains. »
- « merci »

Ces paroles me paraissent bien froides, ce n'est pas le Louis d'autrefois, celui qui était si blagueur, et si enthousiaste à tel point, que j'avais parfois pensé que Claudine avait beaucoup de chance et qu'il était à mes yeux le mari idéal. Je comprends son attitude

et son chagrin et ne peux nullement lui en vouloir aujourd'hui. J'espère simplement que sa visite au parloir lui apportera un peu de bonheur et de réconfort. Louis étant parti, je laisse Oscar seul quelques instants, je m'empare de mon téléphone et appelle le docteur Rimèze :
- « Bonjour, c'est Mme Guérin j'aurais aimé savoir s'il est possible d'avoir une permission de sortie pour Clément ?»
- « Bonjour, oui si c'est seulement pour la journée !»
- « Oui, je viens le chercher dans environ une demi-heure. Dites-lui de se préparer de la part de Mme étoile »
- « je lui transmets à tout à l'heure »

Je suis ravie, car je vais pouvoir le présenter à Oscar qui meurt d'envie de faire sa connaissance. J'ai déjà réfléchi à cette rencontre et pense donner carte blanche à Oscar pour qu'il puisse efficacement tisser des liens avec Clément.
Pendant qu'Oscar garde Mélissa et Loann, je vais chercher le petit Clément. En chemin, je suis heureuse de penser qu'il va découvrir ma nouvelle maison et sa chambre que j'ai pris soin de préparer.Je vais lui faire la surprise. Arrivé devant chez moi, Clément prend le temps d'admirer le petit jardin et s'amuse à décrire la maison, la couleur des volets, la taille de la porte ...
- « Et si on allait voir ta chambre ? »
- « Ma chambre ? dit-il surpris. »
- « Oui bien sûr, je te laisse la trouver.»
Clément court dans les couloirs, monte les escaliers,

ouvre toutes les chambres et s'arrête enfin devant celle où se trouve son train électrique, il fait le tour de la pièce en poussant des cris de joie, et s'arrête devant son lit qui a la forme d'une cabane dans un tronc d'arbre.
Il vient vers moi et me dit :
- « je ne sais pas comment te remercier mon étoile »
- « remercies-moi seulement en me faisant un bisou »

Il reste un moment collé à ma joue comme s'il ne pouvait s'en détacher. Pour la première fois, je me régale de cette douce sensation encore inconnue pour moi d'être maman. Il est temps de faire les présentations avec Oscar. J'ai curieusement une appréhension, Oscar va-t-il lui plaire ? Comprendra-t-il que cet homme compte beaucoup pour moi ? Et en sera-t-il jaloux ? Tant pis, pour l'heure je n'ai plus le choix !

Je prends Clément par la main et l'emmène au salon .Oscar est déjà là et dit rayonnant :
- « Bonjour »
Clément comme à son habitude est intimidé et répond en se cramponnant à moi :
- « oui salut, t'es qui ? Tu fais quoi là ? »
Oscar imperturbable :
- « je suis un ami de ta maman, je n'ai pas vu ta chambre tu veux bien me la montrer ? »
À ma grande surprise, Clément accepte. Je les regarde disparaître joyeusement dans l'escalier. Je suis enfin rassurée.
J'espère qu'ils deviendront vite les meilleurs copains du monde !

Pendant ce temps, je retrouve Loann et Mélissa qui sagement regardent la télé. Je décide de regarder le film avec eux en attendant le retour de mes deux héros.
Après ce moment de détente bien mérité, je propose à la petite famille :
- « les filles à la cuisine pendant que les garçons font le barbecue, ça vous branche ? »

Chacun se met à courir pour prendre sa fonction dans le plus bref délai.
Quand soudain, une sonnerie sur mon téléphone m'alerte d'un nouveau message. Je le consulte rapidement, mais, en voyant l'objet, je prends le temps de le lire. Cela m'a l'air considérablement important. Effectivement c'est Mme Laurense de la garderie qui me propose un rendez-vous pour le 4 mars à 15 heures.
Spontanément je crie :
« yes yes yes yes » dans un crescendo puissant.
Après ce moment de dérèglement psychologique, je descends l'air de rien. Les garçons jouent au foot en surveillant les saucisses et les brochettes. La satisfaction de Clément est perceptible. Il a l'air de beaucoup s'amuser et pour la première fois a l'apparence d'un garçon tout à fait normal vis-à-vis des autres. Quel bonheur de le voir ainsi.
Une demi-heure plus tard, il rentre en criant :

- « À TABLE, A TABLE !!! »

Il vient vers moi et me tend la main :
- « et toi mon étoile, je t'invite à te mettre à côté de moi, allons-y »

Tout le monde s'assoit sur un carton, car hélas toutes mes affaires ne sont pas encore arrivées. Seule la table de la cuisine est présente, mais c'est la chose la plus importante me dis-je, car cela peut éviter que la sauce tombe dans les baskets.

En plein repas, on frappe à la porte c'est Louis qui revient l'air moins attristé que ce matin. Je lui demande s'il veut bien se joindre à nous, il accepte.

Tout au long du repas, je brûle d'envie de lui poser plein de questions pour savoir comment va Claudine, mais, de peur que son chagrin revienne et ne souhaitant pas gâcher la soirée, je me ravise. Après le repas, Louis ne souhaitant pas s'attarder, bafouille quelques excuses et remerciements et rentre avec ses enfants. Il me faut alors, et encore malgré moi, ramener Clément à l'hôpital. Ce dernier accepte après avoir longuement parlé et dit au revoir à son nouvel ami Oscar. De retour dans sa chambre, je reste auprès de lui comme chaque soir, c'est devenu un moment privilégié et plein de tendresse pour être tous les deux et se raconter une multitude de choses.

En fin de soirée, rentrée chez moi, Oscar étant resté, je savoure la joie d'avoir un homme à la maison, Il a profité de mon absence pour tout faire, la vaisselle, la table... comme c'est génial ! Pourtant comblée de joie, je ne peux pas oublier Clément. Tout aurait été parfait s'il avait été là ce soir.

Aujourd'hui il faut que je m'occupe de deux choses :

le droit au parloir et le dossier pour l'adoption. Claudine me manque beaucoup, je décide d'entreprendre les démarches nécessaires pour espérer la revoir rapidement, ensuite je vais rejoindre Oscar à son bureau pour avoir tous les éléments nécessaires à l'acceptation de mon dossier, car je suis attendue au bureau du juge.

Arrivée au Tribunal de saint bonnet, l'anxiété m'envahit, Oscar s'en rend compte très vite et essaye de me rassurer au maximum, en me répétant calmement tout ce que je dois dire pour gagner, tel un maître à son élève. Après de longues minutes d'attente, le juge fait son entrée et donne l'ordre de s'asseoir. À ce moment et contre toute attente, je me sens bien armée et capable de combattre pour cette cause qui me tient tant à cœur. Après son discours, et avant qu'il me le demande, je me lève et parle d'un phrasé clair de mon amour pour Clément, du sens qu'il donne à ma vie, et du bonheur que je lui procure. À la fin de mon récit, je me tourne vers Oscar et lis dans ses yeux de la satisfaction. Nous sortons ensemble, il me dit :
- « tu as été parfaite ! »
J'ai le sentiment d'avoir tout donné et suis éprouvée par toute l'énergie que je viens de livrer. Je lui parle néanmoins de mon inquiétude, car, il faut attendre maintenant 2 mois avant d'avoir une décision, il faut qu'elle soit positive !
Oscar me répond que grâce à mon plaidoyer, toutes les chances sont de mon côté, mais qu'il existe un risque malgré tout. Sur ses paroles nous nous donnons rendez-vous ce soir chez moi, je dois maintenant terminer ma deuxième mission.

Deux gardes m'ouvrent la porte. C'est la première fois que je rentre dans une prison et cela m'intimide beaucoup. La lettre à la main, je m'avance. Des bruits de clé, des portes métalliques qui s'ouvrent et se ferment et me voilà dans la cour d'où je peux entendre clairement des cris et des plaintes. Je me demande ce que fait Claudine parmi tous ces détenus et dans cet endroit malsain et insalubre. Un garde m'ouvre une dernière porte et me dit d'entrer. Le directeur de la prison m'accueille. C'est un homme plutôt froid et austère, je lui tends maladroitement la lettre. Après l'avoir lue, il me toise, et déclare rapidement qu'il donnera sa réponse dans quelques jours. Pour regagner la sortie, nous empruntons des couloirs. Je croise quelques détenus et malgré ma gène, ose les regarder dans l'espoir de voir Claudine. Mais hélas ce ne sera pas pour aujourd'hui. La rudesse de l'endroit me fait mal, car je pense que malgré la grave erreur commise, la sentence est démesurée. Je me demande si elle tient le coup..., si elle garde le moral, si elle pense à moi comme je pense à elle. Je prends conscience soudainement qu'elle est ma meilleure amie. Je me réveille en douceur dans les bras de mon Brad Pitt qui dort encore. Je le regarde un long moment et suis heureuse d'être à ses côtés. Il émane de lui tant de douceur, de sérénité et de forces, tout ce qui me manque quoi !
Aujourd'hui je savoure l'instant présent comme me l'a enseigné Clément. Oscar se réveille et nous décidons de flâner toute la matinée dans ce lit confortable. Cette après-midi est importante, car j'ai rendez-vous avec mon futur employeur, Madame

Laurense. C'est une femme très élégante , parée d'un tailleur noir, assortie d'un chemisier blanc, elle engage très vite la conversation en me faisant part du grand intérêt qu'elle porte à ma candidature. Malgré sa grande classe, elle me met immédiatement à l'aise, nous parlons longuement et je signe avec satisfaction le contrat. Elle me fait visiter les lieux, et m'indique que je commence le 17 mars. Je me réjouis vraiment, ce lieu paraît très agréable, et j'ai enfin un travail, tout va pour le mieux.

Je rejoins Clément et l'emmène au lac. L'eau est très claire, et à la grande surprise de Clément nous pouvons admirer différents poissons qui se risquent à nager au bord. Nous jouons ensemble à celui qui trouvera le plus gros galet, c'est Clément qui gagne. Il manifeste ensuite l'envie de toucher l'eau, mais celle-ci est très froide et je l'entends râler.

J'ai prévu un goûter , mais il fait si froid que nous mangeons rapidement le gâteau que j'avais emmené et transis de froid, décidons de rentrer. Le ciel s'est obscurci, dans la voiture Clément s'amuse à regarder les nuages :

- « Regarde comme ils sont tous différents. Celui-ci ressemble à un visage, cet autre à l'allure d'un escargot et puis celui-ci à un d'éléphant ... »
- « Certains pensent que tous ceux qui ont fini leurs vies montent au ciel, et leur âme est dans les nuages.»
- «Ouah ! maman comme c'est poétique, je

veux bien y croire aussi ! »
Il m'appelle de nouveau maman et cela me touche beaucoup. Il le dit avec tant de spontanéité, il n'y a donc aucun doute je suis sa mère et c'est mon fils. Je n'arrive pourtant pas à le lui dire. Je crois que je ne pourrai le faire véritablement que lorsque j'aurai la certitude de pouvoir le garder pour toujours. Je l'aime tellement qu'il est devenu ma raison de vivre. Je dois admettre cependant qu'Oscar commence à prendre un peu de place dans mon cœur, je ne suis toujours pas prête !

Sept jours plus tard, la lettre du directeur de la prison m'annonce son accord. Chouette me dis-je. Je prends mon sac et pars directement lui rendre visite. L'attente avant que l'on m'emmène au parloir est interminable. Lorsque mon nom est prononcé, je me précipite vers Claudine qui m'attend. Son visage est pâle et amaigri. Je suis choqué de la voir ainsi, tant de changement en si peu de temps !
Elle qui était si joyeuse. Aujourd'hui je découvre une femme si triste, j'aimerais tellement pouvoir la réconforter, mais … cela est difficile, car il est interdit de s'embrasser, de se faire un câlin, aucun contact physique n'est permis. Dans cette pièce de dix mètres carrés, j'étouffe, tout est ténébreux. Elle prend la parole la première et me dit d'une voix morne :

- « Je ne tiendrai pas Mélanie »
j'essaye tant bien que mal de la réconforter, de trouver des mots encourageants, mais je sens bien

que tout cela n'est pas suffisant face à la rudesse des épreuves qu'elle subit aujourd'hui. Elle a un besoin de parler aussi je finis par me taire et l'écoute religieusement. Elle me raconte sa nouvelle vie de prisonnier, les difficultés de s'endormir le soir, les bruits dans les couloirs, l'antipathie des gardiens et le comportement agressif de certains détenus. Je remarque des bleus sur ses bras et prends conscience des mauvais traitements qu'elle subit. Son récit est très difficile à entendre pourtant, je me dois d'être forte devant elle et lorsqu'elle se tait enfin je lui dis :
- « Tiens bon ma belle, ton jugement est dans deux jours. Sois forte et courageuse. »
Déjà un gardien annonce la fin des visites. Je suis déchirée à l'idée de partir, Claudine est en pleurs. Dans la voiture, toutes ces paroles défilent à nouveau et me donnent l'impression d'un cauchemar. Je me rends compte que sa situation est encore plus difficile que la mienne, et que malgré cela elle a trouvé la force suffisante pour m'encourager à aller de l'avant en le traduisant par ses mots :
— « Sois audacieuse et déterminée dans ce que tu fais !!!, ne t'apitoie jamais sur mon sort, je paye simplement le tarif de ma bêtise. Pense plutôt à ton avenir et ton futur bonheur qui t'attend avec Clément ! »

Je la trouve formidable, elle est comme une sœur pour moi. J'espère que le futur sera merveilleux pour elle, qu'elle retrouvera son mari et ses enfants et bouboule et que nous pourrons à nouveau rire

ensemble, partager ces doux moments de shopping, ces dîners où j'appréciais tant sa bonne cuisine. Après ce moment très éprouvant, je retrouve un peu de joie auprès de Clément, ensemble et comme promis je l'amène dans un zoo.
On contemple chacun de ces animaux. Il me dit :
- « Regarde la girafe, elle a des oreilles toutes poilues. »
- « Oui tu as raison. Et regarde la grandeur de sa langue »

À ce moment, des cris joyeux se font entendre, c'est un groupe de singes qui se chamaillent. Clément regarde la scène avec beaucoup d'intérêt et commente :
- « t'as vu, ils jouent comme de véritables enfants »
La visite se poursuit jusqu'à l'heure du goûter, où nous partageons un gâteau devant la cage des éléphants. L'un d'eux jaloux de nous voir manger a rempli sa trompe d'eau et la rejette violemment en direction de Clément qui esquive de justesse en hurlant. L'éléphant lui répond d' un fort barrissement. « Quel caractère » crie Clément. Je lui explique alors que les animaux, ont tout comme l'être humain des grandes capacités à ressentir des choses et à les exprimer. On s'amuse alors à passer devant toutes les cages et à commenter toutes les attitudes de chacun des animaux.

Avant la fermeture du parc, un spectacle d'otarie a lieu au centre du zoo.
C'est la première fois qu'il voit quelque chose d'aussi extraordinaire et spectaculaire. Il me dit à voix basse :
- « Comment font-ils pour que le ballon tienne

sur leur museau ? Comment se souviennent-ils de tout cela ?...
– « C'est tout une technique qu'on leur apprend pour qu'ils arrivent à un tel résultat. Et à force de répéter chacun des mouvements, ils finissent par les garder en mémoire. »
– « Il arrive qu'ils aient des trous de mémoire ? »
– « Bien sûr, comme tous les êtres existants sur cette planète. »
J'ai passé la soirée à répondre à toutes ses questions.

Cette nuit je n'arrive pas à dormir je repense au triste sort de ma meilleure amie Claudine, je revois son visage ravagé de souffrance et les couloirs sombres, les cris des détenus. La couette fait des allées et venues de droite à gauche puis de haut en bas. Je rallume ma lampe de chevet et reste encore quelques instants, à penser à elle, dort elle seulement ? Pour moi c'est impossible de le faire. Je me lève et descends dans la cuisine, une tasse de café s'impose. Les minutes passent lorsque mes yeux se portent soudainement sur une photo de Clément accrochée au mur, son doux visage me raccroche à la vie. Instinctivement, je me dirige vers le salon et m'assois sur le tabouret de mon instrument accroche-cœur. Je ne vous l'ai jamais dit jusqu'à présent, mais je joue du piano. Je revois le moment extraordinaire que j'ai vécu avec Clément lorsqu'en jouant de l'orgue ses doigts ont rejoint les miens. Je me mets à jouer une mélodie romantique et rêve. Clément est là, près de moi et je joue pour

lui. Et ensemble nous partons dans un pays merveilleux sans souci, juste de l'amour. Je m'endors sur le piano... Oscar surpris d'être dans un lit vide, décide de descendre. Il me découvre somnolente sur mon instrument, il me réveille tendrement et me prend dans ses bras.
- « Décontracte-toi, je sais que tu as une estime inimaginable pour cet enfant et que tu es sensible aux problèmes de ton amie, mais tu es en train de t'user. Il faut que tu prennes soin de toi »
- « Je suis désolée, je n'y arrive pas pour le moment, tout me semble si compliqué. »

Je lui joue une musique romantique. Sa présence m'intimide, c'est la première fois que je joue devant lui. Après avoir égrainé les dernières notes, je me tourne vers lui et remarque qu'il est ému. Il me prend alors par la main et me dit :
- « Remontons dans la chambre il est tant pour nous de finir notre nuit. »

Les minutes passent et cette fois, nous sommes tous les deux énervés, un câlin s'impose.
Le réveil est douloureux, je manque atrocement de sommeil, Oscar est parti le premier comme à l'accoutumée. Dans un état léthargique, j'erre toute la matinée dans la maison. Après avoir bu trente-six cafés, je vais voir Clément. J'ai apporté un jeu de cartes pour jouer à la bataille corse. Quand il gagne il court partout en se mettant a hurlé :
- « j'ai gagné »
et moi dans ma tête une banderole s'affiche avec,

écrit dessus Game Over. J'accepte avec joie d'être la perdante tant il m'est agréable de le voir vainqueur.

XII

Dernière audience au tribunal de saint bonnet

Claudine, livide est dans le box des accusés, et toute sa famille et moi-même sommes dans les tribunes. Ce moment est lourd de conséquences, car c'est aujourd'hui que les juges vont délibérer. j' espère tellement que le verdict sera favorable.
Quand les juges arrivent dans la salle, tout le monde se lève.
- « Madame Claudine Blanc, aujourd'hui nous nous rassemblons pour faire le point et prendre une décision sur le dossier qui vous concerne. La famille de l'enfant qui est à ma gauche a porté plainte. Qu'avez-vous à dire pour vous défendre ? »

Elle met un certain temps avant d'ouvrir la bouche.
- « Je veux juste dire que parfois dans la vie des choses nous tombent dessus par hasard. J'ai deux enfants, je comprends la réaction des parents face à cette situation extrêmement douloureuse, et je souffre énormément moi même.... . Je pense être une Bonne Mère pour mes enfants et en aucun cas, je ne voulais faire du mal à ce gosse. »

La mère de l'enfant se lève et parle en haussant la

voix :
- « vous êtes peut être une Bonne Mère, mais aujourd'hui mon bébé est mort à cause de vous et cela je ne vous le pardonnerai jamais. Ça mérite la peine de mort... vous m'entendez, la peine de mort. »

Sous l'agression de cette femme rouge de colère et ayant des paroles haineuses, Claudine s'effondre :
- « Je suis désolée, je suis désolée, je suis désolée je ne voulais pas ce qui est arrivé à votre enfant. »
- « Vous ne méritez même pas qu'on vous écoute, votre voix me donne le bourdon et des frissons. Mon enfant n'est plus là et vous ne pouvez pas imaginer, ce que cela représente pour une mère, vous vos enfants sont toujours en vie eux !!! »
- « Je ne mérite pas tant de haine de votre part. Je ne suis tout de même pas un assassin ? j'aimerais tant que vous puissiez admettre cela. Effectivement votre fils ne reviendra pas, mais pensez à moi qui vivrai tout le reste de ma vie avec ce lourd fardeau.»
- « Je ne veux plus vous entendre »

Le juge a interrompu cet échange qui ne sert à rien.
- « Aujourd'hui mon travail est de rendre justice aux proches de la victime. Mme Blanc, vous êtes coupable de meurtre non prémédité, cet acte est très grave et vous devez être sanctionnée pour rendre justice à Mme Tarlonzo qui aujourd'hui a perdu son fils. Pour l'heure je n' ai pas encore décidé de la nature de cette sanction, et pour cela

j'aimerais que vous me racontiez en détail tout ce qu'il s'est passé. »
- « Il était environ vingt-deux heures, je roulais lorsque soudain cet enfant a traversé d'un coup pour récupérer son ballon. Ce soir-là j'étais fatiguée. J'ai appuyé trop tard sur la pédale de frein. Je suis immédiatement sortie de la voiture pour pouvoir appeler les urgences seulement, il était déjà trop tard, l'enfant était mort dans mes bras... vous comprenez, j'ai tué un gosse qui n'a rien demandé !. Je me demande tous les jours pourquoi j'étais là à ce moment. Pourquoi ai-je pris ma voiture ? Pourquoi ne me suis-je pas arrêtée à temps ?..., je suis sincèrement désolée devant toute sa famille, mais je veux qu'elle sache qu'en aucun cas c'était voulu. Voilà monsieur le juge, j'ai dit tout ce qu'il me semble bon que vous sachiez. »
- « Je vous remercie Mme Blanc pour tous ces détails.Je vais maintenant me retirer pour délibérer.

Les minutes passent, Claudine est prostrée sur le banc des accusés, le nez au sol. La famille adverse s'énerve. Madame Tarlonzo prolifère quelques grossièretés lorsque le juge entre à nouveau. Après avoir frappé la table d'un coup sec de son marteau, le jugement tombe :
- « Mme Blanc, vous êtes coupable et condamnée à une peine de cinq ans de prison.»

À ces mots la famille adverse crie de joie. Je me précipite vers Claudine et la prends dans mes bras.

À ma grande surprise, elle semble calme et résignée. Bouleversée elle me dit :

— « Ma petite Mélanie, je sais que nous avons formé une belle amitié ensemble, mais je préfère que tu restes avec clément, il a besoin de toi tout comme toi d'ailleurs. Rien ne pourra jamais vous séparer. Soit heureuse ma puce, je t'aime »
Louis anéanti nous a rejoints, mais déjà nous sommes entourés de policier, l'un d'eux vient de mettre les menottes à Claudine. Impuissant nous la regardons s'éloigner, avant de disparaître totalement elle se retourne et me lance un regard désespéré.
Nous sortons et je décide d'accompagner Louis. Il me fait part de ses peurs pour l'avenir, les difficultés qu'il va devoir affronter pour l'éducation de ses enfants. C'est triste de voir sous ses yeux une famille se décomposer à ce point.

Le moment que je viens de vivre a été pour moi une épreuve extrêmement difficile aussi, je décide de demander une permission de trois jours pour allez à Bordeaux, pour prendre du recul avec Clément. Je vois dans les yeux gris clair de Mr Rimèze qu'il en a assez des sorties. Mais n'ayant malgré tout pas de motif suffisant pour me l'interdire et devant mon air accablé, il cède, mais me signifie que c'est la dernière fois qu'il m'autorise à prendre Clément plusieurs jours.
Nous partons main dans la main avec chacun une valise.
Après les avoir déposés dans la voiture, nous prenons la route pour Bordeaux.
En chemin le téléphone sonne, c'est Oscar qui

appelle pour avoir des nouvelles. Je lui raconte le triste destin de Claudine et lui explique mon besoin de prendre le large. Très compréhensif, il manifeste l'envie de nous rejoindre. Clément a qui entendu la conversation crie :
- « ohhh oui c'est chouette ! »
J'avoue que ça me fait plaisir aussi, je lui réponds :
- « Oui, Oscar viens vite on t'attend. »
Je passe le reste du trajet à m'imaginer quelle famille nous serions si nous vivions tous les trois. L'idée me plaît beaucoup !
Arrivés sur les lieux, j'annonce le planning à Clément :
« Alors le programme d'aujourd'hui est le suivant : plage, plongée, bateau, restaurant ...»
Clément me regarde et me dit :
- « j'aimerais découvrir la mer ! »
- « on y va »
À peine sorti de la voiture, Clément est impressionné par le grondement de la mer. Il s'extasie devant l'odeur des goémons, le cri des mouettes et la hauteur des vagues. Il court sur le sable fin, virevolte dans le sens du vent, essaye d'emprisonner l'air dans ses mains J'en profite pour prendre quelques photos de lui. Il y a même des méduses échouées, je les montre du doigt à Clément en lui précisant de ne jamais les toucher. L'après-midi, c'est le moment pour lui de découvrir le fond de l'eau. Je lui explique le fonctionnement du tuba et des palmes. L'idée de nager comme une grenouille lui plaît beaucoup ! En effet une fois dans l'eau, il se débrouille très bien et découvre tour à tour un crabe, une étoile de mer, quelques coquillages. Des poissons viennent même

se joindre à nous. Magique, exquis... En milieu d'après-midi ,fatigués d'avoir tant nagé, nous nous reposons sur un bateau qui nous emmène faire le tour d'une île côtière. Soudain quelques dauphins nagent autour du bateau. Les gens du bateau essayent d'imiter le cri des cétacés. Nous faisons escale et sommes accueillis chaleureusement. L'île n'est pas très grande, mais Clément éreinté n'a plus envie de marcher et me tire jusqu'à une terrasse dans le but de se désaltérer. Devant son insistance, je me laisse faire. L'île est assez sauvage pourtant le village est plutôt moderne.nous nous régalons d'une boisson fraîche avant de reprendre le bateau.

C'est maintenant le soir, et de retour à Bordeaux décidons d'aller en centre-ville pour dénicher un restaurant chic. Quand on rentre, on sent une ambiance chaleureuse, une musique rythmée est diffusée. Des serveurs courent partout pour servir les clients au plus vite. Certaines personnes dansent sur la piste, d'autres sont au bar, quelques couples amoureux sont attablés au fond de la salle.je m'amuse de les voir et m'imagine à leur place avec Oscar. L'endroit nous plaît beaucoup à tous les deux. Un employé du bar, vient alors nous voir et nous demande si nous désirons manger., j'acquiesce, il nous désigne une table. C'est alors que le téléphone sonne :
- - « Oscar où es-tu ? »
- « et bien, en fait je suis un peu perdu au centre de Bordeaux, Rue Beaujolais exactement »
- « oh c'est drôle nous y sommes aussi, au restaurant des quatre saucisses »

- « ah, ben je suis juste devant »

Je me retourne vers la porte d'entrée et il apparaît devant moi vêtu d'un long manteau gris et coiffé d'un chapeau. Pas de doute c'est mon prince charmant ! Ne tenant pas plus longtemps, je prends la main de Clément et nous traversons la salle en courant, je me jette à son cou en lui disant :

- - « tu m'as manqué ! »

Notre câlin dure quelques minutes, je me rends compte que Clément est blotti au milieu de nous deux. Cette fois tous ensemble, nous allons nous asseoir à notre table. Nous prenons chacun le plat du jour. Pendant notre repas un jeu est préparé pour les enfants, j'emmène Clément sur la piste afin qu'il puisse participer. C'est lui qui gagne la mascotte qui ressemble à un ours. Je lève mon pouce en l'air pour le féliciter. Il l'enfile et revient vers nous en sautillant. La soirée est réussie, nous sommes tous heureux d'être ensemble et après ce copieux repas, nous nous dirigeons vers le camping pour lequel j'ai réservé un splendide chalet.

Mais en entrant à l'intérieur, une surprise nous attend, bigre !!! que c'est petit ! C'est différent des photos.

Il faut passer obligatoirement les uns après les autres, car le couloir est trop étriqué. Sur le canapé, celui qui s'installe au milieu n'est pas trop mal, mais les deux autres sur les côtés ne peuvent poser qu'une seule fesse. Dans la salle de bain, il ne faut pas se baisser sinon la porte s'ouvre toute seule, car il n'y a aucun moyen de la fermer à clé. Ouf ! les lits sont au moins de grandeur nature. Il est temps de dormir, Oscar éteint la lumière.

Le lendemain, fatigués d'avoir tant fait de choses la veille, nous décidons de visiter le centre de ville de Bordeaux. Dans les rues piétonnes, se trouve un marché artisanale, où se cachent toutes sortes de choses. Que ce soit des pots en verre, des vêtements, de la nourriture...
Le nombre d'exposants est si conséquent que nous mettons plusieurs heures à en faire le tour. L'après-midi, le temps devient maussade, après la visite des principaux monuments nous rentrons au chalet. La fin de journée passe très vite, autour de la table, à jouer aux cartes, et à penser au lendemain où il nous faudra rentrer.

Avant de partir, nous remettons en ordre le chalet. Tout le monde participe au nettoyage. Après avoir échangé quelques mots avec la gérante du camping, nous reprenons la route. Le trafic est important à cette heure, car c'est le moment où tous les travailleurs se rendent à leurs entreprises.
En chemin Louis m'appelle :
  – « allô, Mélan... »
  – « Oui, que se passe t-il ? »
La voix de Louis me paraît étrange, j'ai le sentiment que quelque chose de grave vient de se passer.
  – - « Il faut absolument que je te voie très vite ! »
Je suis très inquiète, mais comprends malgré mon insistance qu'il ne me dira rien de plus au téléphone. Nous convenons donc d'un rendez-vous ce soir chez moi à dix-neuf heures. Plus les heures passent et plus mon anxiété augmente. En arrivant à la maison,

n'ayant plus de courage, je demande à Oscar s'il peut ramener Clément à l'hôpital. Toujours aussi gentil, il prend Clément par la main et me dit à tout à l'heure. Je me précipite vers Clément et lui dit que je l'aime. Je les regarde partir, Clément se retourne et joint ses deux mains en forme de cœur. Être dans l'obligation de se quitter une nouvelle fois me fait toujours aussi mal, mais j'avoue pour l'heure être davantage préoccupée par la visite de Louis.
L'attente est longue, je marche inlassablement dans toutes les pièces de la maison, quand enfin je décide de m'asseoir, on sonne. Je me lève d'un bond, et me précipite jusqu'à la porte d'entrée. Devant moi, le mari de Claudine, aussi pâle et décontenancé qu'au tribunal. Il me demande de s'asseoir, je comprends que l'heure est grave. Ne pouvant plus attendre, je lui demande :
- - « Louis, dis-moi vite ce qu'il y a ? »
- « C'est Claudine... »
- « Oui, mais quoi Claudine !!! »
- « HEU, ce n'est pas facile dire ... »
- « ALLER crache le morceau, Viiiiite ! »

Il parle alors d'une voix si éteinte que je n'entends qu'un seul mot :
- « morte »
- « Mais qui ? » dis-je excédée.
- « Je te l'ai déjà dit, CLAUDINE. »

Je viens de réaliser, ma meilleure amie s'est suicidée.
Nous restons un long moment sans parler, dans les bras l'un de l'autre. Puis je le questionne :
- « comment est-ce possible ?! Elle avait l'air si courageux, et tes enfants sont-ils au

courant ? »
- « Je ne comprends pas Mélanie, je pense qu'elle ne nous avait pas tout dit!Et pour ma fille et mon fils, je n'ai pas eu le courage de leur dire, je ne trouve pas les mots... »
- « si je peux te donner un conseil en tant qu'amie, ne tarde pas trop, c'est leur maman...si tu leur dis trop tard ils t'en voudront. »
Il se met à pleurer dans mes bras en disant :
- « je ne sais pas si j'aurai la force »
- « Tu n'as pas le choix Louis, il faut le faire. »
Il s'en va sur ces dernières paroles. Devant lui, je suis restée forte, mais à nouveau seule je m'effondre sur le canapé et pleure inconsolable jusqu'à l'arrivée d'Oscar.
Je cherche toute la soirée dans ma tête ce qui a bien pu se passer pour qu'elle agisse de cette manière. Comme dit Louis, il y a forcément autre chose. Je me promets d'éclaircir ce mystère.

C'est aujourd'hui que je commence mon nouveau travail.J'avoue ne pas avoir la tête à cela, car la mort de mon amie m'a beaucoup affectée. Les jours précédents, j'ai passé mon temps à réconforter Louis et ses enfants. L'ambiance était si morose que j'en ai perdu le moral. Heureusement que la présence d'Oscar et Clément m'a évité de sombrer.
Quand j'arrive au pied de ce bâtiment... ma patronne, toujours aussi élégante, m'attend. Je m'efforce de sourire. Elle m'amène au fond d'un grand jardin fleuri au milieu duquel trône une fontaine, dont l'eau coule abondamment. Elle

m'invite à m'asseoir sur un banc, et semble inquiète de mon comportement si différent de notre première rencontre. Ne souhaitant pas perdre ma place dès le premier jour, je lui raconte les derniers événements funestes. Elle me remercie alors pour ma franchise, et me demande simplement d'éviter de montrer ma peine aux enfants. Je lui promets de faire de mon mieux.

Cette première journée me paraît très longue, pourtant la gaieté apparente des petits et du personnel me fait oublier, durant de brefs instants ma douleur. Sorti de la crèche à seize heures, je vais au commissariat pour porter plainte contre la prison. Le policier m'interroge :
- « Pourquoi porter vous plainte Madame ? »
- « Une amie proche s'est suicidée dans la prison saint Pierre Monnet. »
- «Oui et alors ? Si votre amie s'est donné la mort, c'est sûrement parce qu'elle ne supportait pas la prison ! »
- « non, car Claudine était une personne très forte moralement. »
- « L'incarcération est toujours très difficile à vivre, il est donc impossible de savoir ce qu'un prisonnier est capable de faire. »
- « Oui, mais concernant Claudine, c'est impossible !»

Devant mon insistance, il me fait remplir une feuille. En sortant, j'ai la désagréable sensation qu'il ne fera rien pour m'aider.

En regardant dans ma boîte aux lettres, je découvre un colis dont l'écriture m'est totalement inconnue. Je l'ouvre et lis à haute voix la lettre qui se trouve à l'intérieur :

Ma petite chérie, je décide aujourd'hui de rejoindre les étoiles, car avec mes amies de prison, nous nous sommes rendu compte qu'il valait mieux disparaître maintenant. Le temps passé dans cette cellule me rendait folle. Je me suis évaporée en toute tranquillité comme une goutte allant rejoindre son nuage. Je ne t'oublierai jamais, et je veillerai sur toi et ton petit ange. Je te laisse ce petit livre qui t'est destiné. Ces quelques poèmes racontent notre amitié qui ne s'effacera jamais. Je t'aime pour toujours.......
Ton amie éternelle Claudine

Je relis la lettre plusieurs fois dans l'espoir de trouver quelques indices me permettant de comprendre son geste, mais à regret ne découvre rien. Je la remets soigneusement dans l'enveloppe, puis dans ma poche en me promettant de la relire plus tard. J'ai eu pendant quelques instants l'agréable impression que Claudine était vivante à côté de moi.
Rentrée chez moi, je pose la lettre sur le piano et pour oublier mon chagrin, joue la chanson préférée de Claudine.
En me persuadant que de là haut elle entend ma mélodie. Je joue pendant plusieurs heures, c'est Oscar qui m'interrompt lorsqu'enfin il rentre à la maison.
Il tente à nouveau de me réconforter. Je suis heureuse auprès de lui, il est toujours là quand j'en ai besoin. Oscar me prend dans ses bras en me

disant :
- « tu te fais du mal, à faire tout cela »

Après un long moment, j'éprouve le besoin d'entendre la voix de Claudine, j'ai soudain une idée, je compose son téléphone et tombe sur son répondeur :
- « Bonjour, c'est bien Claudine, je ne suis pas disponible pour le moment, mais je vous rappellerai dès mon retour, BIP. »
Plus qu'à attendre qu'elle me rappelle me dis-je...jamais !
Dans la soirée, je reçois un message de Louis me donnant la date de l'enterrement, c'est le dix-neuf mars à onze heures du matin.

Comme tous les jours, je vais au travail de huit heures à dix-sept heures. Malgré mon acharnement à paraître heureuse, chaque instant me rapproche un peu plus de la date pour laquelle il me faudra admettre la dure et triste réalité. Celle d'une disparition soudaine et si injuste à mes yeux.

En fin d'après midi, j'amène clément à la ferme de Valine. Clément reconnaît immédiatement l'éleveur et se jette à nouveau dans mes bras. Mais ce dernier qui attendait notre visite avait prévu cela et sort de sa poche un paquet de bonbons qu'il tend à Clément. La gourmandise l'emporte, mon protégé devient soudainement plus docile et accepte que George l'éleveur passe du temps avec nous, pour nous expliquer diverses choses sur les équidés. Une surprise nous attend, une pouliche doit mettre bas.

Clément est émerveillé devant le jeune poulain qui naît devant nos yeux et fait ses premiers pas. Il va même tenter de le caresser, mais la mère grogne. Clément apeuré revient vers moi un peu déçu. Je lui explique que c'est une bonne maman, et pour preuve lui dit que si quelqu'un s'approchait trop près de lui, moi sa mère grognerait de la même manière. Clément a compris et me gratifie d'un bisou sur la joue.

Le jour tant redouté est là, ce matin c'est l'enterrement de Claudine. Je me rends à l'église à onze heures comme prévu, toute sa famille est là, ses amis, ses deux enfants, son époux. Oscar a également souhaité m'accompagner.
Quand tout le monde sort du sanctuaire, je demande :

- « Mon père, puis-je vous demander un privilège ? »
- « bien sûr »
- « J'aimerais que Dieu lui qui en a la possibilité, donne mon message à Claudine. »
- « Je vous écoute. »
- « Lui dire combien je l'aime et que je penserais à elle tous les jours de ma vie. »

Nous avons ensuite suivi le cortège jusqu'au cimetière de Malbontaut.
À notre arrivée quelques jeunes choristes, entament des chants religieux. Je m'approche de la pierre tombale et lis l'inscription suivante :
À Claudine, cette femme splendide restera à jamais

gravée dans nos souvenirs et dans notre cœur. Louis et ses enfants.

Après la cérémonie, je reste à l'écart avec Oscar et écoute tristement toutes les personnes qui tour à tour présentent leurs condoléances à Louis. Moi je n'ai pas le courage de le faire, mais je sais que Louis comprend et qu'il ne m'en tiendra pas rigueur. Avant de quitter les lieux, je retourne une dernière fois sur la tombe de Claudine et dépose sur la stèle une rose ainsi qu'un dessin que tenait à faire Clément. Nous n'en avons pas parlé ensemble, mais je sais, et son illustration en témoigne, qu'il est également très affecté par la disparition de ma meilleure amie.

Aujourd'hui c'est l'anniversaire de Clément, il faut donc marquer le coup ! Adieu tristesse nous allons faire la fête !!!

Oscar va le chercher à l'hôpital, pendant que moi je m'occupe de la décoration. Je mets des ballons de toutes les couleurs dans toute la maison, et j'installe un feu d'artifice au fond du jardin. Les gâteaux sont au four. Enfin je sors les cadeaux du placard et les place au milieu de sa chambre. Lorsqu'il arrive , je l'invite à aller jusqu' au milieu de la pièce, après lui avoir bandé les yeux. Quand je l'autorise à les ouvrir, il se précipite sur ses cadeaux. Il s'arrête soudain, se retourne, vers moi inquiet :

- «As-tu la réponse pour l'adoption ?»
- « non, je ne l'ai pas eue encore, mais c'est pour très bientôt ne t'inquiète pas »
- « À quoi servira cette si belle chambre, si je

ne peux pas venir vivre ici ? »
— « nous avons tout mis en œuvre Oscar et moi pour que le résultat de l'adoption soit positif »

Il hoche la tête quelques instants, l'envie de découvrir ses cadeaux est alors plus forte que ses craintes, il déchire frénétiquement chaque emballage, et pousse des cris d'émerveillement à chaque jouet qu'il sort. La matinée passe vite, car Clément est très occupé et s'amuse beaucoup. Les invités arrivent les uns après les autres, il y a énormément de monde, le personnel soignant de l'hôpital, Louis et ses enfants, les salariés de la patinoire, des amis de Clément de l'hôpital de France ainsi que de Belgique. Après un repas dans la bonne humeur, nous partons tous ensemble à la patinoire. À notre arrivée, Thomas le directeur crie dans le micro :
— « Joyeux anniversaire Clément »
Toutes les personnes présentes s'arrêtent de patiner et lèvent les bras en l'air en disant :
— «Hip Hip Hip ! hourra, achicachicachi aie aie aie»

Clément se met à pleurer de joie devant la foule. Loann le fils de Claudine vient le rejoindre sur la piste et l'embrasse tendrement. Il tient dans sa main une banderole, qu'il tend à Clément en s'écriant :
— « tu vois on t'aime tous, c'est écrit dessus »
J'en profite pour les rejoindre et lui dit :.
Mon petit ange, toi qui m'offres l'envie de vivre, qui me donnes chaque jour des leçons, aujourd'hui c'est à mon tour. Chaque moment où tu te sentiras seul,

tu penseras à tous ces instants magiques que nous avons déjà vécus. Je m'approche de son oreille et dans un souffle, lui murmure :
-« Ton étoile qui t'aime du fond du cœur »
Soudain, un bruit sourd retentit dernière moi.
Clément et Loann éclatent de rire, je me retourne et découvre Oscar qui a malgré lui, fait une chute sur la piste. Il est aussi bon que moi me dis-je. En riant aussi, je lui lance :
- « Tu aurais dû être moniteur de patinage artistique, tu as des aptitudes hors norme.»
Oscar se relève maladroitement, une main sur sa fesse gauche, il esquisse un sourire contraint en disant :
- « j'ai mal »
Nous avons fêté ses 9 ans

XIII

Deux mois plus tard.

Je suis dans le jardin, lorsque Oscar crie :
- « Eh le téléphone, c'est pour toi ! »
- « Aie aie, j'espère que ce salopard m'appelle pour une bonne raison. »

Lorsque j'entre, Oscar vient vers moi en chuchotant :
- « chut c'est le procureur, t'es tarte. »

À ces mots je redeviens soudainement sérieuse. Je réalise qu'il s'agit de la décision finale concernant l'adoption. J'empoigne le téléphone et dis impatiente :
- - « Bonjour monsieur, s'il vous plaît dites-moi vite le résultat ? »
- « Et bien.... c'est accepté madame ! »

Trop contente je lâche le combiné et saute au cou d'Oscar, on entend alors :
- - « allô allô, madame Guérin vous êtes toujours au bout du fil............ OK je vous rappellerais puisqu'il en est ainsi.....sur ce à bientôt. »

Vite Oscar plus une minute à perdre, allons le chercher.
Je me dépêche pour aller à l'hôpital le plus rapidement possible .
Dans le couloir suivant, je rencontre des enfants

tenant une grande feuille d'environ 4 mètres de longueur et 3 mètres de hauteur,... je suis tellement dégourdie que je passe à travers...!!! « les trois gamins se mettent à pleurer en disant :
- « fini l'atelier art plastique. »
Je suis tellement heureuse que je ne prends pas le temps de m'arrêter pour m'excuser.
Dr Rimèze a prévenu Clément. Quand j'arrive, je ne ressemble absolument à rien. Mes cheveux sont tout ébouriffés, j'ai une trace noire sur le visage, la première réaction du médecin est :
- « Vous revenez d'où pour avoir cette dégaine, je vous ai connue bien plus élégante HAHA !si j'avais su que l'adoption vous changerait autant, j'aurais tout fait pour vous empêcher de faire la bêtise de votre vie »

C'est la première fois, qu'il est aussi joyeux, je crois qu'il est ravi pour moi et Clément.
Il a ensuite rajouté :
- « Non, je vous taquine !je vous donne son carnet de santé. »
- « Je m'en doutais ne vous inquiétez pas,et merci, Dr Rimèze ! »
- « Vous faites le bonheur de cet enfant et pour cela vous méritez sincèrement d'être récompensée de tant d'efforts et d'attente. »
- « Merci c'est très touchant. »
- « C'est simplement la vérité ! »

Ce n'est pas dans ses habitudes de faire des compliments à ses patients. J'ai l'impression d'un nouveau départ dans ma vie, enfin quelque chose de positif et durable.

En me serrant la main, le docteur me précise que je dois juste amener Clément une fois par semaine à l'hôpital pour voir si son corps ne rejette à aucun moment la greffe. Clément réfugié dans mes bras depuis le début de la conversation, m'annonce :
- « ça y est maintenant c'est pour toujours ? »
- « Oui mon fils, pour toujours ! »

Le lendemain nous avons un planning chargé en dépenses financières. Cela me fait énormément plaisir de le rendre heureux.

Au programme :
shopping pour les vêtements, et les chaussures. Je veux remplir son armoire. À côté du magasin se trouve une animalerie, je lui dis :
- « Est-ce qu'un petit chien comme Bouboule te ferait plaisir ? »
  - « Non, je ne veux pas être coupable d'enfermer très souvent un animal dans une maison !»
  - « tu as tout à fait raison , c'était un test je n'en veux pas non plus »
Allons voir plutôt ce qui nous intéresse vraiment.

Nous rentrons tard, les bras chargés de gros sacs lourds, nous sommes heureux d'arriver à la maison.

J'ai pu prendre quelques jours de congé, mais Oscar étant malheureusement parti pour ses obligations professionnelles, nous décidons ensemble de faire une randonnée, Clément dit :
- « Et si on faisait un pèlerinage, j'ai vu ça à la télé,

c'était super cool. »
- « Ouais bonne idée, mais il va falloir marcher ! »
- « pas de problème »

Nos sacs sur le dos, nous rejoignons un groupe qui attend comme nous le départ. Le décor est superbe, nous sommes entourés de montagne. Clément s'inquiète
- « il va falloir grimper tout ça, si j'avais su, je ne serais pas venu. »
- « Je crois que nous n'avons plus le choix malheureusement. »

Le moniteur arrive et nous explique brièvement l'itinéraire, et nous montre du doigt l'endroit où se trouve le gîte que nous devrions atteindre vers dix-sept heures. Nous entamons l'ascension, et très vite le souffle nous manque. Mais Clément et moi refusons pour l'heure de le montrer, car le reste de la troupe marche avec une facilité déconcertante. Très vite, Clément se raccroche à moi. En plus de mon poids, je me retrouve avec celui de Clément que je dois maintenant tirer. C'est alors que le moniteur s'en rend compte, s'approche de moi et me soulage de mon sac à dos. Après plusieurs heures, nous faisons enfin une pause. C'est un moment très agréable pour entamer des discussions avec les uns et les autres, une jeune fille me dit qu'elle a une leucémie et qu'elle a souhaité se surpasser aujourd'hui. Une femme a voulu venir pour oublier son chagrin d'amour et l'instance de divorce qui doit avoir lieu prochainement. Je m'intéresse à chacun des membres du groupe et m'amuse à discerner leur personnalité. C'est ainsi que parmi eux, se trouve la pipelette joyeuse, celle-ci fait beaucoup rire Clément. Après avoir raconté une blague de plus, le moniteur se lève et nous invite à en faire autant. C'est en me relevant que les douleurs commencent. Nous reprenons la marche, Clément et moi oublions très vite nos jambes, car nous sommes éblouis par la beauté des paysages qui défilent devant nous. Cinq heures arrivent et effectivement nous poussons tous un cri de joie en apercevant une jolie maison en pierres apparentes qui représente un repos mérité. Nous faisons la connaissance d'Éric, un grand gaillard au visage sympathique. Nous entrons avec lui dans la pièce principale, dans celle-ci et au milieu, une grande table de campagne. Tout est vieux, même l'odeur. À l'étage, une multitude de portes numérotées donne accès aux chambres. Le confort de chacune d'elles est très rudimentaire, quatre lits, un évier et un miroir au-dessus. Avec Clément, on rapproche nos couchettes, pour ne former plus qu'un lit. Au moment du souper, plusieurs personnes me félicitent sur la gentillesse de Clément et lui trouvent beaucoup de ressemblance physique avec moi. Cela me fait extrêmement plaisir, à tel point que je prends part à la discussion en vantant toutes les qualités de mon fils. La soupe qui est servie est plutôt fade, mais nous réchauffe suffisamment. Nous nous rattrapons ensuite largement sur diverses terrines et fromages qui nous sont proposés. Avant de rejoindre notre chambre, Clément et moi sortons prendre l'air un petit moment, et assister au coucher de soleil. On s'assoit sur une grosse pierre qui est recouverte de mousse et de lierre. Tout est calme et reposant ce soir, devant l'immensité des montagnes,

aucun de nous deux ne veut troubler ce silence. La brise s'est levée, les derniers rayons du soleil ne suffisent plus à tiédir l'atmosphère hivernale. Clément se plaint soudainement d'avoir froid. Nous rentrons. La pièce est animée d'une ambiance festive, telles les veillées campagnardes d'autrefois. On rit et on chante auprès du feu. Au moment d'aller se coucher, je pose une question à Clément :
- « Pourquoi tu m'as choisie moi en tant que mère et pas une autre ?»
- « Ce n'est pas moi qui t'ai choisie, mais mon cœur.»
- « À ton avis pourquoi il s'est tourné vers moi ?»
- « J'attendais une maman vouée d'une vraie tendresse. Et capable de me comprendre. Tu es la seule à avoir essayé cela.»

La justesse de ses propos me rend toujours silencieuse, ne sachant quoi lui répondre en retour, je me lève et je lui tends ma main pour lui faire comprendre que c'est l'heure d'aller se coucher.
Le lendemain, malgré nos fortes courbatures, nous marchons des kilomètres pour arriver à notre destination finale. En chemin , Clément ramasse divers objets , des petits morceaux de bois, quelques pierres, lorsqu'il tombe sur une chenille verte. Je lui explique qu'elle deviendra un jour un joli papillon, une piéride.Nous profitons du trajet pour commenter toute la nature qui nous entoure. Toutes ces explications naturalistes intriguent Alice, la jeune femme prochainement divorcée. Elle vient nous rejoindre, et nous pose beaucoup de questions. Puis elle entame un récit sur sa vie :

Pressentant la rudesse de ses propos, je prends soin de m'éloigner de Clément pour ne pas lui infliger une peine supplémentaire.
— « J'ai subi beaucoup de violence conjugale c'est pour cela que je quitte mon mari. »
Pour compléter ses explications, elle me montre son bras sur lequel des marques sont encore visibles. Je manifeste beaucoup d'empathie vis-à-vis d'elle, son histoire me touche. Pendant ce temps, Clément en a profité pour ramasser divers éléments naturels pour la fabrication future d'un logis pour sa petite chenille. Il l'a visiblement adoptée et compte bien assister à sa transformation en chrysalide. Pour l'instant, il a paré au plus urgent, Il a mis l'insecte dans une petite boîte sans oublier de faire quelques trous pour que celui-ci respire.
Le soir tombe sur les montagnes . On doit traverser un champ avec plein de vaches de races différentes, pour rejoindre le second gîte. C'est un ancien chalet réhabilité qui servait autrefois de refuge aux alpinistes. Nous sommes là encore attendus par le maître de maison qui est aussi sympathique que le premier. La fatigue est présente au sein de tout le groupe, c'est pourquoi le souper se fait en silence, et chacun gagne rapidement sa chambre.

C'est l'avant-dernier jour, et nous avons l'intention de profiter de cette journée au maximum. Pour cela nous nous sommes levés très tôt et Maxime, notre guide nous emmène dans un endroit forestier plus sauvage que les précédents. L'odeur des sous-bois est omniprésente, ce parfum si particulier du champignon et de l'humus. Clément et moi respirons

à plein poumon en ramassant ici une fougère, plus loin une mousse ou encore une petite fleur.
- « Es-tu content d'être ici ? »
- « Extrêmement mon étoile, j'ai l'impression d'être au cœur de la nature et cela me rend très heureux. »

Je médite quelques minutes, sur sa réponse. C'est lui qui reprend la conversation sur un sujet différent :
- « Je t'ai vu par la fenêtre cette nuit contempler le ciel. »
- « Tu ne dormais pas à ce moment là ? »
- « Non, mon étoile, il y a quelque chose qu'il faut que tu saches, c'est que je veille aussi sur toi. »

Je suis tellement émue qu'il s'en rend compte et instinctivement vient vers moi pour que je le serre très fort. Ses paroles vont me poursuivre toute la journée.

C'est le dernier jour, et nous allons dans quelques heures quitter ce havre de paix pour retrouver la civilisation. Nous profitons de ce dernier moment pour écouter les oiseaux chanter tout autour de nous, voir le ruissellement de l'eau entre les cailloux de cette rivière que nous longeons, et nous émerveiller du sifflement du vent entre les arbres. Nous perdons progressivement de l'altitude jusqu'à arriver dans un petit village charmant à l'allure moyenâgeuse. Toutes les ruelles sont étroites et pavées. Au centre quelques petits commerces. Nous décidons de faire quelques achats. Le groupe se disperse. Certains veulent acheter des cigarettes, d'autre quelques pâtisseries.Clément et moi préférons faire le tour du village. Nous arrivons

devant une fontaine, Clément est surpris de voir une multitude de pièces au fond de celle-ci. Je lui explique que cela est une tradition qui porte bonheur. Clément manifeste alors l'envie de le faire à son tour. Je lui en donne une qu'il jette en criant :
- « que la chance arrive !»

Après cela nous rejoignons le groupe, qui s'est reformé. Maxime nous montre du doigt l'hôtel dans lequel nous allons passer la dernière nuit.Nous entrons tous ensemble. Le bâtiment est très sombre et vieux, des toiles d'araignées remplies de poussière ornent les plafonds. En traversant les couloirs, une odeur âcre de cheminée nous saisit. Nous entrons vite dans notre chambre où la désagréable senteur est remplacée par le parfum d'eau de Cologne. La lumière feutrée que diffuse le luminaire laisse apparaître une tapisserie défraîchie et deux lits en fer blanc sur lesquels sont posées d'épaisses couvertures. Clément s'endort le premier. J'écoute un long moment sa respiration lorsque soudain celle-ci devient très rapide. Il gémit et m'appelle, je me précipite vers lui. Il est brûlant et ruisselant de sueur. Je panique, il n'y a pas de téléphone ! Je sors de la chambre, dévale les escaliers et cours vers l'accueil. Le veilleur de nuit alerté vient à ma rencontre, je lui ordonne d'appeler le Dr Rimèze,Il s'exécute et me tend le combiné :
- « Bonjour, excusez-moi de vous déranger à cette heure, mais Clément a de la fièvre et je ne sais pas comment faire !»
- « Ne vous excusez pas vous avez bien fait, c'est sûrement le rejet de la greffe il faut que

vous me l'ameniez. »
- « C'est impossible ! Je suis dans un village paumé. »
- « Il va alors falloir que vous suiviez mes conseils à la lettre.Tout d'abord, munissez-vous de la mallette des premiers secours que je vous avais donnée. Vous prenez le stéthoscope et vous écoutez son cœur, si les battements sont irréguliers, donnez lui en urgence le médicament que j'avais prescrit. Si demain, vous ne constatez aucune amélioration, amenez-le-moi vite. »
- « OK, merci docteur. Je vais faire mon possible. Bonne soirée à vous. »
- « Bon courage madame. »

Quand je retourne dans la chambre,je vois que Clément est très pâle, les yeux absents. L'analyse de son cœur révèle malheureusement un problème. À peine lui ai-je donné un comprimé avec un peu d'eau, il se rendort. Je veille sur lui le reste de la nuit. Au petit matin, sa température ainsi que son cœur semblent à nouveau normaux. Lorsqu'il se réveille, je lui fais part de mes inquiétudes, mais il souhaite continuer l'aventure.

Nous quittons le village pour faire le trajet final jusqu'au car qui doit nous ramener chez nous. Mais au bout de quelques kilomètres, Clément s'effondre brutalement devant moi.Je m'agenouille près de lui pendant que le moniteur appelle les secours ainsi que le docteur Rimèze. C'est un hélicoptère qui nous récupère rapidement et nous dirige vers l'hôpital. Arrivé sur les lieux, Clément est immédiatement transporté vers les urgences. Plusieurs heures

passent. Lorsque la porte s'ouvre, c'est le docteur Rimèze en personne qui vient me donner des nouvelles.
- « La greffe est rejetée par l'ensemble du corps, il a sûrement fait beaucoup trop d'effort pour que cela guérisse. »

Les yeux embués de larmes, je lui réponds :
- « c'est de ma faute, c'est moi qui ai eu l'idée de faire une randonnée, c'était prématuré !»
- « Oui peut-être. »
- « Vous pensez qu'il va s'en sortir ? »
- « Bien sûr, nous avons réagi à temps.»
- « je vous remercie pour tout»
- « Je fais seulement mon métier du mieux que je peux le faire, madame. »

Quelques heures plus tard, on m'autorise à rejoindre Clément. Il est sorti de la salle de réveil et on l'a installé dans une chambre. Lorsque j'arrive, il a les yeux mouillés. Je lui demande :
- « qu'est-ce qui ne va pas mon ange ? »
- « J'ai gâché ce moment merveilleux, et je me retrouve de nouveau dans cet hôpital pourri !»
- « Oui, mais pas pour longtemps, ne t'en fais pas. »
- « C'est déjà trop long. »
- « Oui, mais je reste prés de toi. »
- « Et ma chenille, elle est où ? »
- « Ici à côté de toi. »

Il regarde en direction de la boîte que j'ai pris soin de poser sur la table de chevet, et me dit merci.

XIV

Quelques jours plus tard, Clément sort de l'hôpital. Nous retrouvons enfin notre maisonnette. Clément regarde le calendrier :
- « c'est vendredi 13, et si c'était notre jour de chance.»
    - « Mais pourquoi pas ! Allons faire un loto, ça me rappellera des vieux souvenirs, quand j'en vendais tous les jours à ces ivrognes assoiffés du village... »
    - « Maman !!! »

Nous partons ensemble, pour tenter de gagner le jackpot ! L'après-midi, et d'un commun accord nous regardons un film romantique qui parle d'un amour impossible à l'époque de la guerre d'Algérie. Ensuite après le goûter, Clément aimerait beaucoup que je lui apprenne à jouer du piano. Il se rappelle avoir écouté Lang Lang, virtuose et l'a tellement apprécié qu'il voudrait jouer comme lui. Je commence l'apprentissage de cet instrument, il se rend très vite compte du travail considérable qu'il faut fournir.

- « Regarde Mme étoile, sur ma tablette c'est plus facile »

- « Oui c'est vrai, mais tu as moins de mérite, car elle joue à ta place. »

L'heure du tirage a sonné. Ensemble sur le canapé nous regardons le résultat à la télé. À la sortie de chaque numéro, Clément crie :
- « on l'a »

Au septième numéro nous sommes debout en nous esclaffant en cœur :
- « ALLEZ ALLEZ plus qu'un seul »

Lorsque nous réalisons que nous sommes les grands gagnants du jour, nous pleurons de joie et dansons dans toute la maison.
- « hi lala hitou hitou hitou »

La soirée se termine dans une euphorie générale. Le lendemain à la première heure, nous allons chez le buraliste pour lui annoncer que nous sommes les vainqueurs. Celui-ci n'en revient pas et après avoir vérifié notre ticket, me demande ce que je compte faire de l'argent. Je lui réponds :

- « j'ai bien quelques idées, mais je ne souhaite pas en parler. »

En fait, j'ai réfléchi toute la nuit. Avec une pareille somme, j'ai l'intention d'acheter une ferme à Clément, lui qui adore tant la nature.
En sortant, Clément me dit :
- « Tu vois maman les buralistes ne font pas que du mal ! Je crois que celui-ci a fait carrément notre bonheur aujourd'hui. Mais en nous donnant tout cet argent, il va être ruiné. »
- « Il faut peut-être lui laisser alors. »
- « Ah non tant pis pour lui, Qu'il arrête de

vendre des clopes !!!! »
Nous rentrons main dans la main heureux. En chemin je lui dis dans l'oreille :
- « Tu sais ce que l'on va faire avec cet argent ? »
- « Acheter un palais ? Un château ? une Audi comme Oscar... ?»
- « Non, mieux que cela. Je te laisse réfléchir ça a un rapport avec les animaux »
- « Ah et bien je vois encore moins, même avec cet indice. »
- « une feeeeerrrr»
- « Une ferme ? »
- « Et si je te dis que tu as trouvé la bonne réponse ?»
- « Ce n'est pas une blague ! C'est une ferme. J'aurais mes vaches, mes moutons, mes poules, mes lapins, mes chevaux... »
- « Eh oui, tout cela»

Il est tellement ému...
Quand on arrive à la maison, il s'empare de l'ordinateur d'oscar et me le tend pour me faire comprendre qu'il aimerait que l'on fasse des recherches pour trouver la ferme de nos rêves. Nous nous mettons au travail et voyons plusieurs offres qui nous paraissent très intéressantes. Nous irons les visiter très prochainement. Clément désire ensuite jouer un peu dans sa chambre pour profiter de ses jouets qu'il a si longtemps abandonnés. Je me retrouve seule. Oscar me manque, je décide de l'appeler, mais tombe malheureusement sur son

répondeur. Après plusieurs tentatives, désespérée, je lui laisse un message :
- « Oscar rappelle moi je suis inquiète ! »
Pour me calmer, je range et fais le ménage lorsque soudain le téléphone sonne :
- « Bonjour, Mme Guérin police nationale de Belgique je vous appelle concernant votre amie Claudine. Nous avons enquêté et trouvé les réponses à propos de son décès. »
- « Je vous écoute ! »
- « Dans le matelas de sa cellule, on a retrouvé son carnet intime. À la dernière page, elle avait écrit la raison de son suicide et son souhait de vous donner ce petit livre. Vous pouvez donc venir le chercher quand vous voudrez et découvrir son contenu.»
Heureusement que Clément est dans sa chambre, car j'ai du mal à me contenir. Oscar ne m'appelle toujours pas et j'ai très peur de découvrir la fin tragique de ma si grande amie.
Lorsque Clément redescend, je décide pourtant de faire comme si de rien n'était, je ne veux pas encore une fois gâcher son bonheur.
En fin de journée, la petite Mélissa sonne à la porte. Elle souhaite jouer avec mon fils. Je l'accueille soulagée, car il est de plus en plus difficile pour moi de rire. Profitant à nouveau de cet instant de solitude, je rappelle Oscar et lui laisse un second message :
- « Oscar, t'es où ? J'en ai marre réponds moi ! »
Au fur et à mesure que la soirée avance, mon inquiétude grandit. C'est la première fois qu'il me laisse sans nouvelle. Lui qui est si prévenant et

attentionné. Pourquoi un tel silence ? Lui est-il arrivé quelque chose ?
À ce moment les enfants redescendent. Ils sont ravis des jeux qu'ils ont pu faire ensemble. Mélissa me raconte comment ils ont joué avec le train et Clément me montre le bricolage qu'ils ont fabriqué avec du carton. J'invite Mélissa à partager notre repas, mais celle-ci me répond :
- « C'est très gentil, mais je ne veux pas laisser mon papa seul, il est toujours très triste. »

Je comprends, en hochant la tête et lui ouvre la porte :
- « A bientôt, fais une grosse bise de ma part à Louis et à ton frère. »

À table avec Clément devant une assiette de soupe, je lui demande :
- « si tu avais une autre vie, comment tu voudrais qu'elle soit ? »
- « Cela va peut-être te paraître ours des grottes, mais j'aimerais réellement vivre tout le temps au contact de la nature. Avoir une cabane au fond des bois. Me nourrir avec ce qui m'entoure. »
- « Et pourquoi cette vie ? »
- « Parce que la nature, je pense la comprendre mieux que les autres. »
- « Et quel serait le but de ta vie ? »
- « Que cette nature n'ait plus de secret pour moi et que je puisse l'enseigner aux autres.»

Quand je me réveille, Clément a sa tête sur mon bras et sa main sur mon ventre. Il me dit d'une voix

légère :
- « moi je n'ai pas eu la chance d'être nourri de lait maternel, mais peut-être qu'un jour un petit frère ou une petite sœur connaîtra cela.»
- « Je ne connais pas l'avenir, mais pourquoi pas.»
- « tu ne m'as jamais parlé de tes parents »
- « Oui en effet. Tu sais je n'ai pas eu non plus une enfance merveilleuse. Mon père était malheureusement alcoolique et nous rendait la vie impossible. J'ai toujours beaucoup de tristesse lorsque je pense à ma mère, tout ce qu'elle a dû subir pour me protéger. Je pense pourtant que mon père n'était pas un homme mauvais, mais souffrait beaucoup de n'avoir pas eu la vie qu'il aurait souhaitée. Je crois que c'était un aventurier et que la vie de famille était un lourd fardeau pour lui. Ma maman quant à elle l'adorait et acceptait en silence.»

Mon récit a rendu Clément silencieux. Son enfance lui revient également en mémoire. Je décide de lui poser quelques questions sur ce sujet qu'il a toujours été difficile d'aborder jusqu'à aujourd'hui.
- « Clément, tu ne m'a jamais parlé de tes parents, quel souvenir en as-tu ?»

Le sujet est difficile, Clément hoche la tête, et dans un soupir murmure :
- « A quoi bon, tout ça c'est du passé tout ce qui compte pour moi aujourd'hui c'est d'avoir une vraie maman.»

Je crois qu'il a raison de tourner définitivement la page, pourquoi vouloir toujours remuer les moments

douloureux de son existence ? Pour clore cette discussion, je décide de lui confier les résultats de nos projets.
- « Au fait, sais-tu que j'ai trouvé la ferme de nos rêves, et que je signe bientôt le compromis de vente.»

Les yeux de Clément s'illuminent à nouveau. Il me répond :
- « c'est génial, comment sera-t-elle, tu peux me la montrer ? »
- « Je pourrais le faire, mais je veux que ça reste une surprise. Mais sache tout ce que tu a pu imaginer sera présent dans cet achat. »

Deux semaines plus tard

Clément ouvre la porte du notaire et nous sortons joyeusement les clés à la main.
- « Ça y est, la ferme est à nous.»

Nous prenons précipitamment la voiture et je l'emmène découvrir notre nouvelle demeure. Clément est très impatient :
- « on arrive ? »
- « oui bientôt »
- « Bon alors »
- « patience, patience on arrive »
- « Bon c'est encore loin ? »
- «Grrrr tu m'énerves, regarde elle est là-bas »
- « Où ça, il n'y a rien. »
- « Blague, c'est encore dans 3 kilomètres. »
- « oh t'exagères »

La voiture quitte enfin la route pour s'engager dans un chemin de terre aux larges ornières. Le véhicule

saute sans arrêt. Nous arrivons néanmoins à pénétrer dans une cour entourée de bâtiments anciens en pierres, recouverts de lierre.
Clément s'exclame :
- « ohhhh c'est trop chouette. »
- « tu vois, ça valait le coup d'attendre. »
Je me gare au centre près de la fontaine, sitôt le frein à main enclenché, Clément ouvre bruyamment la portière en criant :
- « Nous sommes chez nous hiouhouuuu !!! »
Clément veut tout voir. Je l'emmène dans chaque endroit, cela prend du temps, car la ferme est vraiment très grande. Clément s'attarde dans l'étable, car les animaux sont déjà là, des chevaux, des vaches..., il va voir chacun d'entre eux et me demande leur nom, j'avoue ne pas tous les connaître, mais lui promets de mettre des petits écriteaux sur tous les box. La visite terminée, nous allons faire quelques courses au village, car pour fêter cette nouvelle acquisition j'ai invité Louis et ses enfants ainsi que le docteur Rimèze à venir souper.
Le hameau qui s'appelle bergaine et comprend environ cent habitants semblent plutôt vivant malgré sa petite taille, plusieurs commerces on l'air de bien fonctionner il y a même une petite école.
Le repas est joyeux. Pour la première fois, Louis raconte quelques blagues et rit beaucoup. Ses enfants étonnés, mais ravis de le voir ainsi mangent goulûment. Le docteur Rimèze participe également en contant quelques anecdotes liées à sa profession. Le dîner achevé, le médecin souhaite parler à Clément en privé et lui demande où se trouve sa chambre. Clément rougit un peu et lui dit :

- « euhhh tu sais on n'est pas encore installés, mais viens quand même, je vais te montrer mon futur nid douillet.
- « Alors clément,est-ce que tu te sens bien dans ta nouvelle famille ? »
- « Oui, pour la première fois,on m'accepte et on m'aime, tel que je suis. »

Après leur conversation, Mr Rimèze vient vers moi avec un petit sourire :
- « vous avez fait un enfant heureux,ma chère madame. »
- « Oui, j'en suis ravie. Je crois que c'est un bonheur égal et partagé.Il avait besoin d'être écouté et compris et moi,de donner de l'amour. »
- « Vous êtes une personne formidable. Contrairement à moi. »
- « Pourquoi dites-vous cela, Mr Rimèze ? vous êtes un homme au cœur tendre, mais votre métier vous empêche de le montrer »
- «Oh, il n'y a pas que cela, ça fait hélas trente ans que je suis médecin dans ce service, et je n'ai malheureusement jamais réussi à sauver le moindre enfant, cela laisse un goût amer...»

Sa conclusion est également la mienne : tous les médicaments du monde ne remplaceront jamais l'amour.

La soirée se prolonge malgré tout tardivement dans la joie, les invités prennent congé après avoir fait tous ensemble une partie de cartes.
Nous passons notre première nuit, plutôt

blanche, car la ferme est si ancienne qu'elle craque de partout, des cris d'animaux se font également entendre, et puis nous n'avons pas encore emménagé, et dormons sur un lit de paille.
Lorsque j'ouvre les yeux, un rayon de lumière traverse la pièce, Clément est blotti contre moi. Soudain, un klaxon retentit. Je vais jusqu'à la fenêtre et aperçois la postière une lettre à la main. Curieusement, je pense instantanément à Oscar. Serait-ce de ses nouvelles ?
Après lui avoir fait signe de la main, je descends l'escalier et traverse la cour pour la rejoindre. En me voyant, la postière éclate de rire en me montrant mes cheveux pleins de paille.
Gênée, je récupère un petit paquet ainsi qu' une lettre. Après avoir souhaité une bonne journée à l'employée des postes, j'ouvre le colis. À l'intérieur, Quelque chose à été enveloppé dans du papier journal. Je m'en empare et remarque tout d'abord une petite carte de visite. Je reconnais l'écriture de Louis : Bonjour Mélanie, c'est pour toi, c'était le souhait de Claudine. Je déchire le papier et découvre avec surprise le carnet intime de mon amie. Emue, je le glisse dans la poche intérieure de ma veste, « côté coeur », et songe au plaisir de le lire ce soir, avec l'espoir d'avoir des réponses sur la volonté qu'elle a eu de mettre fin à ses jours. Mon regard se pose ensuite sur la lettre. Je reconnais immédiatement l'écriture d'oscar. Enfin de ses nouvelles !
Je déchire l'enveloppe et commence à lire.

Mon petit bout de femme

je suis désolé.... je suis parti. Je n'arrivais pas à supporter l'attachement que tu avais pour Clément, j'étais jaloux je me sentais toujours exclu, il passait toujours en premier.... On m'a fait une proposition pour un poste d'avocat, à Paris. Il s'agit d'une promotion. J'ai accepté. J'espère que tu peux comprendre ma décision, qui pour ma part a été très difficile à prendre. Je t'aime, tu es malgré tout la femme de ma vie, je pense rester seulement quelques années et j'espère grâce au recul, pouvoir revenir et assumer mon rôle de père et de mari. Je pense fort à toi.
P.-S. Dis simplement à Clément que je suis parti momentanément, mais que je reviendrai...
Oscar

Je m'approche péniblement du puits, la lettre m'échappe et tombe au sol. Tout vacille autour de moi, ma vue devient floue, je pleure autant que la fontaine verse de l'eau. Comment peut-il aujourd'hui me faire tant de mal ? Je pensais qu'il avait cette même idée commune de fonder une vraie famille et d'élever Clément comme son propre fils. Comment a t-il pu en être jaloux ? Je réalise maintenant que j'ai dû faire l'erreur de ne pas suffisamment lui montrer mon amour pour lui. Je comprends ses véritables sentiments pour moi, et qu'il a voulu se protéger en prenant la fuite. Quelle maladresse ? Nous allons dorénavant souffrir tous les trois. Comment vais-je pouvoir annoncer à Clément que son père sera absent pendant un long moment ? Ils étaient

devenus si complices tous les deux. J'avais tant de compassion à lire toute la tendresse dans les yeux d'Oscar lorsqu'ils jouaient ensemble. Et Clément arborait souvent un air admiratif face à cet homme qui remplissait à merveille son rôle de père.
À cet instant, clément sort dans la cour son terrarium à la main.
- « Maman viens voir, ma chenille va se transformer en joli papillon ! »
Il est si exalté à cette idée, qu' avant même que je lui réponde, il part en direction du terrain situé derrière la grange. La douleur provoquée est si vive que je ne peux lui répondre. Je m'affale au sol et récupère la lettre. J'imagine alors Oscar certainement très triste lui aussi, et résigné à exercer son métier dans une grande ville qu'il ne connaît pas, si loin de nous..Soudain animé d'un vif espoir, je réalise qu'il est peut être possible de le joindre par téléphone. On va s'expliquer, je vais lui dire combien je l'aime, je vais le faire craquer, le faire revenir très vite. Emballée par toutes ces réflexions, je compose son numéro. A cet instant,
 Clément, arrive. Je le regarde s'approcher lorsqu'une voix au téléphone me répond : « le numéro que vous avez composé n'est plus attribué » je pâlis. Clément remarque immédiatement mon changement d'attitude. J'ai le teint pâle, mes jambes flageolent, mes mains sont froides, j'ai le regard vide...
- « Maman que se passe t'-il ?, tu regrettes l'achat de la ferme ? Et qui appelais-tu ? »
Refusant de gâcher sa joie, j'avale un grand bol d'air et lui réponds :

- « Ne t'en fais pas mon ange, il n'y a rien de grave, je suis très heureuse d'être ici , et sache que je suis bien à tes côtés.»
- « Tu sais maman, il y a une chose que je peux affirmer. C'est que nous deux c'est pour toujours... Viens maintenant, j'aimerais te montrer quelque chose derrière la ferme.»
Encore une fois, je me rends compte que la seule source de bonheur, c'est lui qui me l'apporte. Je le regarde attendrie, et me laisse faire lorsqu'il me tire par la manche. Arrivé sur les lieux, il me montre du doigt son terrarium, qu'il a judicieusement placé dans un bel endroit de lumière, mais à l'abri du mauvais temps.
- « tu vois maman, dans quelques jours, je pense que ma chenille sera enfin un magnifique papillon. Je pourrai alors lui rendre sa liberté.

Les jours passent vite, nous profitons de notre nouvelle vie, ensemble. On commence à apprivoiser les chevaux, les uns après les autres. Notre maison prend forme, aujourd'hui je décide de profiter de ma grande cuisine, pour concocter de bons petits plats.Clément lui, en profite pour aller voir son terrarium. Midi sonne . Je sors dehors pour appeler Clément, lorsque j'entends un hennissement.
Soudain on m'appelle :
- « Madame, madame!!!!!!!!!!!!!! »
Il me semble reconnaître la voix du fermier voisin. Il a l'air paniqué, je me lève d'un bond et remarque avec stupeur cet homme qui marche vers moi. Clément est dans ses bras. Je cours vers lui. Arrivée

à sa hauteur, je découvre le visage blême et les yeux fermés de mon Ange. Je m'adresse au monsieur et lui demande, troublée :
- « que se passe-t-il ? »
Il dépose doucement le corps sans vie. Lorsqu'il relève la tête, des larmes coulent le long de ses joues.
- « C'est la jument, le gamin courrait trop vite et elle a eu peur... !!! »
Je m'agenouille auprès de lui.
- « Ça s'est produit si vite... le môme n'a pas eu le temps de souffrir. »
- Sur ces paroles, il se relève et part en déclarant :
- « Courage madame. Au fait tant que j'y pense il a laissé un truc dans le terrain. ».

Il commence à faire froid, et le ciel s'assombrit, je prends délicatement Clément dans mes bras et je réalise que je viens de perdre mes deux amours. Je vais jusque dans sa chambre et le dépose sur son lit.
- « le terrarium, c'est ça qu'il a laissé ! »
Je me précipite jusqu'au terrain et m'empare de celui-ci. À l'intérieur vole un magnifique papillon. Comme s'il s'agissait d'une dernière volonté, je l'ouvre et suis du regard l'insecte qui disparaît rapidement dans le ciel. Peut-être emporte-t-il avec lui l'âme de Clément ?
Je contemple longuement le ciel et semble soudain entendre sa voix :
- « Ton ange t'appelle, te sourit depuis le ciel.
Je te vois Maman étoile pleurer des larmes de sang, toi qui voulais tant faire mon bonheur....
tu as pourtant réussi, même si cela a été trop

court. Tu m'as offert des moments magiques, tu m'as fait écouter cette musique que tu jouais sur ton piano , tu as réussi à me faire sortir de l'ombre de ma maladie. Moi qui ne pensais jamais guérir.... Ma petite maman, avec toi j'ai réussi à connaître le véritable amour, J'éprouve une reconnaissance éternelle pour le courage dont tu as fait preuve durant tous ces mois et cela sans relâche.

—

Je t'aime et n'oublie jamais que je suis encore avec toi pour combattre les épreuves qu'il te restera à vivre.

Ton Ange

....

Fin de la première partie

Je voudrais remercier
Noel ainsi que Marie-Hélène